夫の後始末

Ayako Sono

曽野綾子

講談社

夫の後始末［もくじ］

第一部　変わりゆく夫を引き受ける

第二部

看取りと見送りの日々

帯写真＝永田忠彦　挿絵＝浅見ハナ　装丁＝竹内雄二

夫を自宅で介護すると決めたわけ

夫・三浦朱門は二〇一五年の春頃から、様々な機能障害を見せるようになった。内臓も一応正常。癌もない。高血圧も糖尿病もない。私と違ってすたすた長距離を歩く人であった。しかしその頃から時々、すとんと倒れるようになった。その度に頭を打ってこぶを作り、顔面に青痣を作った。もっともその頃は、「この痣ですか？女房に殴られたんです」と嬉しそうに言えるほどに普通だったが、次第に寡黙になって来た。テレビを見ながら痛烈な皮肉を言うことはあったが、恐らく性格の変化は認知症の初期の表れだったのであろう。

どこが悪いか検査するための入院をしたのが二〇一五年の秋だが、その短い入院の間に、私は日々刻々と夫の精神活動が衰えるのを感じた。ほんとうに恐ろしいほどの速さだった。病院側は、実に優しくしてくれたのだが、私は急遽(きゅうきょ)、夫を連れ帰ってしまった。

家に帰って来た時の喜びようは、信じられないくらいだった。「僕は幸せだ。この住み慣れた家で、廻(まわ)りに本がたくさんあって、時々庭を眺めて、野菜畑でピーマンや茄子(なす)が大きくなるのが見える。ほんとうにありがとう」などと言うので、「世の中何でも安心してちゃだめよ。介護する人の言うことを聞かないと、或(あ)る日、捨てられるかもしれないわよ」と、私は決していい介護人ではなかった。しかし私はその時から、一応覚悟を決めたのである。夫にはできれば死ぬまで自宅で普通の暮らしをしてもらう。そのために私が介護人になる、ということだった。

日本が老齢人口の過剰に国家として耐えられなくなってくるだろう、ということに気がつきだしたのは、もうずいぶん前のことだが、私がそれを作品に書いたのは二〇一三年の末のことである。私はその小説を、一種の未来小説として書き、『二〇五〇年』という題を付けたのだが、この危険で破壊的な小説の内容は、当時あくまで空想上のことであった。むしろ現在だったら、私はこの作品を書けなかっただろう。最近の世相には、小説の中ですら、暗い話、非道徳的な話を書いてはいけないとするおかしな幼児性が、主にマスコミ自体の中に顕著に出て来たからである。それは小説作法の常道からは外れた考え方である。むしろ小説こそが、現世ではみ出た異常性、道徳に反する思想などに光を当てるという任務を担ってきた。

どういう点が危険だったかというと、私は作品の中で、若者のグループが老人ホームの火事によって、大勢の焼死者が出たのを喜ぶという場面を書いた。しかし、それはあくまで社会の末期的な暗い状況として描いたので、今ならば、相模原市の知的障害者施設の元職員・植松聖という人が「不要な人を社会から抹殺することを目的に」、十九人を殺し二十七人に重軽傷を負わせた事件があったから、決して書かなかったに違いない。

もちろん社会現象とは別に、私は八十代になっていた。作家は常に善悪にかかわらず、自分の立っている現在の位置を自覚して生きているのが普通だ。私は十分に年を取り、人間の個体としてあらゆる面で劣化し、時には差別され軽視されてしかるべき年になったから言えるようになった分野もあることを自然に感じていた。作家は完全な観念でものは書きにくい。笑い話のようだが高齢者には、ひがみと自信の双方があって自然だ。

この二面性を、敢然として、しかし自然体で持ちうることは、一種の技術かもしれない。例えばアウシュビッツの一種の「全盛期」について、私たちは資料では惨憺たる強制収容所の日常のみを読まされたものだが、その中には意外にも、「囚人」たちが歌を歌い楽しんだ時間もあったという記録もある。それを描かなくては、本当の強制収容所の悲惨さは記述できないだろう。

つまり、人生というのは善悪明暗が必ず渾然(こんぜん)としたものなのだ。だから、私は連作として書くつもりの『二〇五〇年』の中でも必ず明るい部分を書く予定なのだが、私たちが直面している老齢人口の過剰、若年層の減少という基本的な力関係は、小説の前提として重く存在していることには間違いない。このような小説の背景を、私はひたすら統計を読むことから推測していったにすぎないが、人間の感覚もまた、単純ではないだろう。

第一部
変わりゆく夫を引き受ける

わが家の「老人と暮らすルール」

私はいま東京の南西の端の住宅街に住んでいる。そこはそもそも私の両親が住んでいた土地であった。私は一人娘だったから、自然にそれを受け継いだのである。そこに夫の両親が隣接の古家つきの土地を買って引っ越してきたのであった。だから私たち夫婦は本来なら、四人の親たちと住むはずだったのだが、私の両親は六十歳を過ぎてから離婚してくれたので、父は再婚相手の若い奥さんと、別の土地で一緒に暮らすようになった。「離婚してくれた」という言い方はおかしいと言われそうだが、私の両親はそれほど若いときから性格が合わず、家庭は「火宅（かたく）」同様だったから、私は二人が正式に別れてくれた時には、実はほっとしたのである。

その結果、私は三人の親たち（夫の両親と私の実母）全員が自宅で息を引き取るまでいっしょに暮らし続けた。実状を語れば単純な話だ。しかしそこには、多少とも複雑な事情があり、私自身はその間作家としての仕事も続けていたので、親孝行に関しては、現実問題としてできるだけ手抜きをする他はなかった。見捨てて別居しようとは全く思わなかったのだが、昔風に親に仕えるという姿勢の暮らしをする余力は全くなかったのである。

当時私は、「我が家ではミニ養老院をやっておりますので」と世間に対しては言っていたのだが、親たちはそれぞれ棟の違う古い家屋に住んでいた。私たちの住む母屋と二軒の隠居所は軒と軒が触れ合うくらい近かったので、一軒が火事になれば三軒がいっしょに焼けることは目に見えていた。しかしそれは世話をする者にとっては便利であった。おかずを作って届けるにしてもほんの数歩で配達ができる。

老人は外出することも少なくなるのが普通なのだが、私が一番食べさせたかったのは日本中の名菓であり、都会住まいには手に入らない食品であった。例えば新しい鮎を知人から送られた時、私は一番先に年寄りに届けるというルールを作った。つまり、鮎は頂いた本数にもよるけれど、まずおじいちゃん、おばあちゃんが食べるはずであった。

「老人は先がないからな」と夫は十八歳まで同居していた息子に言った。

「お前はまだ先が長いから、鮎なんかいつか自分で食べに行けばいい」

するとと息子は、

「僕は将来文化人類学をやって、生涯お金なんか儲けられない生活するつもりだから、今のうちに鮎は食べさせてよ」

などと親と交渉していたこともあった。

しかしそれでも私たちは優先的に息子には鮎を食べさせなかった。つまり、ルールを作れば簡単なものだったのである。もっとも、私たちが一番恵まれていたのは、当時私にも少し収入があったので、老人の生活を便利にするためにかかる費用について、あまり細かく言わなくて済んだということだった。我が家には既にだらしがない体制が定着していたのである。お金は私と夫の預金通帳を見て残高が多い方から下ろすというルールがあった。きちんと申し合わせたわけではなかったが、秘書もお金を下ろしに行ってくれる時、自然とそういうルールに従うようになっていた。

それにこの三人の親たちは誰もが適当につましいケチな性格だったから、私たちの経済力を当てにして身勝手を言うことは全くなかった。それでも親と同居することの第一の難しさはこの経済上の負担かもしれない、と私は今でも思っている。

つまり、その頃から私は、老人とともに暮らすことの技術を少し覚えたのだ。

今私たちが住んでいる家は、約五十年前に建て替えたものである。そこが世間の言う事務所でもあり、私たちが実際にパソコンを置いて仕事をする書斎もあり、ごく普通の社会生活をする私的な家庭の部分もある。五十年も経ったので板壁は飴色(あめいろ)になり、無数の傷もついていて、終戦直後の日本の家庭を題材にした映画を作る時には、ロケに貸したいくらいである。

しかし最近になり……そこで新しい事態が発生した。冒頭で記したように、九十歳になった夫が自宅で療養するようになったのである。そのとき、私はこの古びた家の便利さに改めて感心した。

五十年前、この家の図面を引いたのは私であった。夫は新築の家を建てることにも全く興味がなくて、「知壽子(ちづこ)(私の本名)の好きなようでいい」の一言で自分が受け負わなければならない義務を放棄しようとしていた。だから私は予算を頭に入れながらも好きなように間取(まど)りを書いたのだが、五十年以上経った今、改めて一人の高齢者を介護しなければならない立場になっても、間取りに全くの不自由がないのである。

　第一に半世紀も前の家なのに、この家には段差がなかった。敷居もない。夫の生活状態を見にきたケアマネージャーさんが驚いて「この家は車椅子も動くようになっていますね」と言ってくださったが、それほどつまらない使い勝手のいい家なのである。当時少ししゃれた住宅は、食堂や客間の一部に装飾的な段差を付けたりしていたものだが、私はそうした装飾を一切省いていた。

　既にそのときまでに、高齢の親たちを見るのは私たち夫婦しかない、ということを覚悟していたおかげで、私は高齢者を介護するときに発生するであろう幾つかの困難を予想することができていたのである。

　つまずくこと。小回りがきかないこと。段差が辛いこと。孤立した空間に本人を置かないこと。トイレを汚すような事態になった場合に便器はおろかほとんど壁まで洗えるように、床に排水装置をつけることなどすべてを、その頃から用意してしまった。

もちろんそれから数十年間、私たち一家はごく普通の中老年として過ごした。息子は十八歳で地方の大学に行って独立し、後は三人の親たちと私たち夫婦だけの暮らしになった。この生活は私の母が八十三歳、夫の母が八十九歳、夫の父が九十二歳で自宅で亡くなるまで続いた。老人たちは一応「一病息災」の状態で暮らしてくれた。夫の母は気管支拡張症でときどき吐血したりしたが、一週間ほど入院して症状が治まると栄養注射を受けて元気になって帰ってきた。

夫の母は新潟県出身で、つまり私は県民性だと思い込んでいたが、恐ろしく質素と言うかケチであった。新しく軽い布団を用意すると「私は昔風だからずっしりした重い布団でないと眠れない」というたちであった。そして私が用意した軽い羽布団をさっさとしまい込んでしまった。一方私の母は福井県出身で、どこか浪費家の性格をもっており、軽くて新しいものが好きだった。

布団の重さに関しては、銘々(めいめい)の趣味で使えばいいのだが、夫の母が家の修理をさせてくれないのは困った。「私たちはどうせすぐ死ぬのだから、このままでいい」と言うのである。私はこの夫の母が入院中に素早く畳を換え障子(しょうじ)を張り替え、家の根太(ねだ)も直し、伸ばし放題に伸ばした庭のあじさいなどを刈り込んで、知らん顔をしていた。そうしないと二人が住んでいる古い家をなんとか保(も)たせることができなかったからである。夫の母は実は大いに不満だっただろうが、表だって私に文句を言うような人ではなかった。

実母に関しては後で改めて書くとして、私はそんな形で、どうやら家族の体裁(ていさい)だか、無届けの養老院だかの暮らしを整えていたのである。理想の生活などこの世にあるはずがない、というのが、昔からの私の実感であった。

夫の肌着を取り替える

この本を書く理由は私が現在、多くの日本人が直面している典型的なケースを生きているからである。私たち夫婦は三人の親たちを既に家で見送ったが、それから数十年が経ち、日本の高齢化はますます進み、若い人口は減り、日本社会は多くの老人を、病院や老人ホームなどで引き受けられなくなった。この問題は既に予測されていたことなのだが、政府はその対策をなおざりにしてきた。

いや、気がついていても、どうにもできないこともある。私たちはそれぞれが、たった一度の、しかも人とは比べられない個別的な人生を未経験・初体験として生きる他はない。だからそのほとんどの人が覚悟もできていないままに、思ってもみなかった新たな問題に直面しつつ生きることになる。そうした失敗談の報告者として、作家は適任だろう、と思ったからだ。作家は、美も醜も、道徳もふしだらも、成功も失敗も、同じような姿勢で書ける訓練を積んでいる。だからうまくいけば報告書になるのである。

私の母は、晩年、トイレお風呂つきの六畳の離れを隠居所にして暮らすようになってしばらくすると、体の不自由も加わってしきりに誰か話し相手として独占したがるようになった。もっともなことだと思う。母の年になると、仕事のカウンターパートの存在もなくなり、親友はもう亡くなっているか、耳が聞こえなくなっている。夜遅く電話で喋ろうにも相手がいないのである。

しかし申し訳ないことに、私の家には夫と私と二人の作家がいて、昼間は小企業の会社並みの忙しさだった。秘書も私もゆっくり母の話し相手になる時間はなかった。私は母が助けを呼べないようではかわいそうだと思い、母の枕元に呼び鈴(りん)をつけた。私としては、これで問題は解決した、と思ったのである。

最近もこうした設備をつけたことが問題解決の方法だったというふうに書いてある記事をどこかで読んだが(そうであればいいと願いつつ)、私はおそらくそんなに事は簡単に解決していないと思う。

この設備ができると、母は五分と経たないうちに、すぐ呼び鈴を鳴らした。少しは頼みごとがあるのである。そこのティッシューを取ってくれ、とか、窓をもう少し閉めてくれ、というような小さなことであった。普通ならそうした細々(こまごま)とした要求は、自分でするか、人が来た時にまとめて頼むかするのが大人のやり方だ。しかし母は、何分前に頼みごとをしたか覚えていないのだから、悪意もなくひっきりなしにベルを鳴らすのである。すぐに私たちの生活は成り立たなくなった。我が家に限らず呼び鈴を付けた施設は、結局はこの装置を切ることにしたか、すぐには応じない（つまり機能しない）設備にしたはずだ。

認知症は、「近過去」から忘れていく、というのは実に正しい病状で、昔の話は覚えていても、さっき鳴らしたベルのことは記憶にない。この「近過去」という時間の認識の重さを、私は最近しみじみと感じている。

私も近過去が思いだせないことがあるようになった。私の場合、短編の筋を忘れるのである。短編は、たいてい時と所をかまわず一瞬でできる。その貴重な短編の筋を、私は生涯にいくつ忘れて来たことだろう。「そのうちに思いだすに違いない」とその都度期待するのだが、完全に闇に消えた筋はいくつあることか。これは「近過去」の喪失である。だから人間は部分的にかなり若い時から、認知症になることもあるのかもしれない。

近過去が失われると、人は様々な人格上の問題を起こす。人との約束を忘れる。

行き馴れた場所に行けない。その人との関係が思いだせないので、会話が苦手になる。相手の背景を忘れているから、思いやりがなくなる。そんな高度の人間関係だけでなく、ほんの一分前に交わした会話の内容を覚えていられないから、その愚かしさに介護人が耐えかねるようになる。結果的に認知症の人は嘘をつくように見える時もあるらしい。しかし嘘をついている意識はないのだ。ただ記憶に定着しないのだ。

夫を見ていて、私はつくづくよい習慣は、しっかりと若いうちに身につけておかねばならない、と思った。それは近過去でないから忘れていないのである。

夫は意外なことに、私と違って昔から身だしなみがいい人だった。寝室を出るときには必ず昼間の服装になっている。その癖は体が不自由な今も変わらない。もういい加減に昼間からパジャマでいてもいいのに、と思っても、朝は必ず長い時間をかけて服を着替える。その時、シャツとズボンと靴下の色が合っていないと取り替えさせる。誰も見ていないのに、である。昔憧れていた年上のファッション雑誌の女性編集者に影響されて、ファッション評論家になりたいと思っていた時代の名残かもしれない。

その癖、洗濯はなかなかさせない。「まだ洗わなくていい」と言うので、その度に私と口喧嘩になる。私は「毎日、肌着は取り替えるものです」と言って、実はもうはるか昔から、その癖をつけさせるようにはしていた。

「不潔な年寄りなんて誰も傍に寄りませんよ」

と言って毎朝、洗濯物を洗濯機に入れてもらうことにしていたのである。

しかしそのような「しつけ」を始めたのは多分六十歳を過ぎてからだから、遅すぎたのかもしれない。誰かが「年を取ると、何でもありですから」と言った事がある。この意味深長な言葉からすれば、洗濯大好きの私も、いつか不潔の楽しさを心から味わうようになるのかもしれないのだ。

布団が汚れたら、どうするか

夫の父の場合、私はもう一つの困難にも直面した。義父は九十歳近くで直腸癌（がん）になり、緊急の手術をしなければ命が助からないので人工肛門を作った。最近は、この手の症状に関して手当の方法もかなり進歩している。私は日本財団に勤務していた時、新しい社屋に「オストメイト」用の装置のついたユニバーサル・トイレを作る仕事にも首を突っ込んだので、少しだけ新時代の進歩についていけるようになった。しかし義父は気の毒なことに九十歳になっていたので、時代と自分の体の変化を上手に受け止めることは出来なかった。それは当然であろう。その歳になれば私たちは誰でも意識的に不器用にもなるし、人工肛門の措置を手際良く出来なくて当たり前だ。

その結果、病人はしばしば手を突っ込んで人工肛門の先を探ろうとし、寝具から寝間着から全てを汚物で汚すことになった。寝間着やシーツだけではない。布団も日に何枚も洗わねばならなかった。私はその時ほど自分のいい加減な性格が裏目ではなく表目に出たと感じたことはなかった。私は布団そのものを洗えるものに替えてしまったのである。冬なのに、高齢者に夏布団を重ね掛けさせておくのは可哀相とか、あそこのヨメさんは老人に対する扱いが悪いとか非難される心配を、自分の心から放逐してしまったのである。

ひどいと言われても、化繊綿を入れた夏布団なら洗えるのである。布団の洗濯用に、家の裏側の軒下に汚物専用の洗濯機を一台用意し、そこで一度洗ってから、屋内の洗濯機で二度洗いして、乾燥機を回した。その頃は、日に布団を三枚も洗うような生活をしていたのである。このような準備のために少し余計なお金がかかったが、私は自分の手を抜くために、自分で働いたお金を気楽に使うことにした。それでこそ生きたお金になった、という実感があった。自分が楽をするために使うことは、最高の使い方であった。

その頃私は初めて、いささか不法な現状と闘うには、知恵と柔軟性と、世間の常識を一切気にしないというやり方しかないということを発見したのだと思う。世間の評判などなにほどのことでもない。手の抜き方もお金の使い方も、「我が家風」でいいのである。

私の母は体が不自由になっても、ベッドの下の小さなゴミさえ気にして拾いたがるような性格であった。それに対抗して、私は何でもすぐ「そんなことでは、人は死なない」と言うのが癖になった。これはなかなか応用の利くいい言葉だった。

「少しぐらいゴミがあっても死なない」

「少しぐらい食べなくても死なない」

「少しぐらい汚くても死なない」

「少しぐらい義理を欠いても、見捨てられることばかりではない……」

ほか、運命が私に教えてくれた言葉は数限りない。

これらは、介護の必要な母の存在がなくても、けっこう使える言葉であった。私が五十歳を過ぎて、アフリカ社会とのつながりを持つようになった時、私のこの「いい加減人間」の要素が、アフリカに向いた資質となっていたのである。


当時、すでに介護の手伝いを見つけるということはなかなか難しいことであった。私の家にはつまり作家が二人いるのに、普通なら大きなバックアップの力になるはずの「作家の奥さん」は一人もおらず、屋根の下で暮らす全員が給料取りの労働者という感じだった。だから反面、会社と同じように普段から手伝ってくれる人を見つけやすかった面もあるのだが、それでも私は人手を確保するのに苦労し続けていた。「郷里のお母さんが病気ですから」と言われれば我が家で働いている人を帰さないわけにはいかない。一方私は日曜日でも祭日でも、正月でも年末年始でも仕事をしないでいられる日はなかったが、一番大変なのは年末から新年にかけて、母の世話をする人手を確保することだった。近くに家政婦などの派出婦会があり、私はそこに頼んでよく人を送ってもらっていたのだが、母にはその苦労は全くわからなくなっていた。

「普段はそんなに人手はいらないじゃない。暮れからお正月だけ来てもらえばいいと思うけど」

などと言うので、私は腹が立った。その時期が一番求人難なのである。その時に人を送ってもらうために、私は普段からそのような仲介業の人たちと仲良くなっておくべきだと思っていたのだ。

その時代の苦い体験があるので、夫が何度も転んで入院した後、甘い考えで夫を病院から退院させますと言ったわけではなかった。しかし、状態はあらゆる面から見て家庭で介護する方が妥当であった。

いかにももっともらしい理由を挙げれば、一つは病人が望んだからであり、もう一つは社会に対しても、長引く介護を個人が病院に引き受けてもらうなどということは不可能になっている、ということが見えていたからである。

この頃、時々私は「そんなことをしてはお国に対して申しわけない」という言い方をして、若い世代に笑われる。「ひさしぶりに聞く、古い言葉ですなあ」というわけだ。しかし「お国」の代わりにどんな言葉を使えばいいのか。「日本」か「社会」か、「同胞」か、「人民」か。ほんとうのことを言うと、私はどれでも一向にかまわないのだが、「お国」というのが一番穏やかな和語で、庶民が使うのに適しているような気がしているから使っているだけだ。

上記のどれかに含まれるはずの人たちが、近年、信じられないほど利己主義になっていることに対する、ほんのわずかな抵抗の精神がなかったとは言えない。私たちは確かに高額の介護保険料を払っている。それを取り返さねば損だとか、「使い尽くす」だけではなく、「使い倒して」とまであからさまに言う人たちが増えた。私はそのような精神に対して、ある種の忌避感は持っていたのである。

八十五歳を過ぎた私の事情

介護によらず何事でも困難の伴う一つの仕事を続けるには、やはり心理的拠(よ)りどころというものが必要らしい。私は今年で六十二年間小説を書き続けてきたが、まだ若い頃、作家の宇野浩二氏が、「作家になる資質とは何ですか」とインタビューで聞かれた時、

「そりゃ、運(うん)、鈍(どん)、根(こん)さ」

と答えられた話に心から共感を覚えていた。

作家修行だけではない。どんな道もまさにその通りなのである。

運という言葉が示す通り、人は運命的な巡り合わせで、今生きている地点に立っ

ている。私は時々「その仕事をしなさい」と神に命じられているのだ、と思う時がある。別にジャンヌ・ダルクのような偉大な使命、かけがえのない高級な仕事、と感じて神の声が聞こえるわけではない。神は、どんな小さな、ささやかな、人目につかない仕事にでも、当事者に任命書を発行しているような気がすることがあるのだ。現在の私で言えば、つまり夫の介護をする、というどこにでもありふれた仕事に対してである。

　人間は必ずしも、喜んでその職、任務に就くわけではないだろう。親のため、金のため、便宜のため、義理のため、代わりの人が見つからなかったため、乗るべき電車に乗り遅れたため、などという理由さえあるだろう。しかしその人は、そのためにそうなったことに、意味を感じていいのだろうと思う。それこそが人間になった瞬間なのだから。

　だから私は気楽なのだ。なまじっか自分でこういう道を選んだなどと思うと後悔する時もあるかもしれない。いい運命なら無条件にお得意になるだろうが、悪い運命なら選択の道を誤ったとして不服を唱えるだろう。しかし人生には運がある、命じられた道がある、と思えば、別に何ということはない。

私はこれでも信仰から離れたことはないので、すべてのことは神の命じられた道なのだと思うことができる。人間はどんなに努力しても、努力だけで事を成就させることはできない。社会の求める潮流とか純粋に時の巡り合わせとか、いずれにせよ人間から見ると理不尽な要素があってこそ、人生は編まれていくという感じがする。

しかし、宇野氏が第二に挙げた鈍(どん)には、なかなか意味深長なものがある。私たちは何事をやるにしても完璧を期(き)してはいけないし、自分はすべてわかっていると思わない方がいい。そしてできれば気が長い方がいい。

つまり「いい加減」にやっていいのである。しかし考えてみると「いい加減」というのは風呂の湯加減でもなかなかできない技術だ。いい加減という言葉が、だいたいのところという意味と、まさに適切な量との双方を示すというのは何とも面白いものである。

老人介護のいい加減は主に手抜きを指す。しかしそれが結果的に見ると最上の方法になっている場合も多い。私の狡(ずる)さは、逃げ道、すなわち長続きする道をいち早く発見したことだ。

やろうと思うこと、やるべきことでも、嫌になったりくたびれたら止める方が自然なのである。それを完璧にやろうとすると、介護人は追いつめられくたびれ果ててすぐに投げ出すことになる。むしろ介護人は怠(なま)け者の方がいい。精神において、厳密の美に陶酔するより、怠けが好きという自覚があった方がいい。

怠け者はそもそも働くのが嫌だから自分を追いつめないのである。まあこんなところでしょうがないよね、といつも自分と相手に言い聞かせてしまう。怠け者は自分の中の不完全性を許す世の中が、それでも何とか動いていくことの現実を知っている。だから思い上がったり追いつめられたりする気分にならないのである。

私自身は実は洗濯が好きなのだが、最近になって面白い事実を知った。現在私はおおむね健康だが、シェーグレン症候群という血液中の特定の抗体の数値だけが高くなることでわかる膠原病の一種があるらしいのである。その原因はまだ正確にはわかっていない。しかし一つの学説によると、生まれてから満六歳までの間に非常に清潔な環境で育った子供に多く発症すると言われる。

この学説が当たっているかどうかはもちろん私にはわからないのだが、手相を見るくらいの危うさで因果関係があるのではないかと思うことはある。私にはこの世で会ったことがない姉がいて、三歳という可愛い盛りに肺炎で死んだ。その六年後に生まれたのが私で、母はこれでもう子供は授からないと思い、私を絶対に死なせてはならないという覚悟で育ててきた。お刺身を作る時には俎板を熱湯で消毒し、ピクニックに行くときには、持参の林檎の外皮を剥く前に持参のアルコール綿で消毒した。床に落としたお菓子はもちろん取り上げられた。そのようにして育った私はいわば外部から侵入する異物が極端に少ない状態で幼児期を過ごした。正常な免疫の機能が、外部から侵入するものに対してではなく、自分に向けられるという異常な関係はそのような状態で発生するというわけだ。

普通、健康な幼児期というものは兄や姉や友達がたくさん周囲にいて、散々意地悪をされたり時にはぶたれたりする。その間に床に落ちたお菓子も食べさせられれば不潔な指を鼻や口に突っ込まれるような状態で育つからこそ、免疫機能も正常に働くようになるらしい。

膠原病というのは始末のいい病気で、最初に血液検査でその病名がわかった時、主治医から「この病気は薬がありません。医師もいません。一生治りません。ただしすぐには死にません」という明快な診断を受けた。今のところ私が不自由しているのは時々起こる体の痛みと微熱とだるさと足の裏の痛みくらいなもので、これらはどれも「人間を継続していく」のに大きな妨げになるものではない。だから私は自分は生きるだけでなく夫の面倒も見ることまでできると信じている。むしろそれよりも私にとって介護人を継続できない理由があるとすれば、それは万人に起こる老化という現象であろう。私はもう八十五歳を過ぎた。

夫の居場所を作る

外出がむずかしくなった病人や高齢者が自宅で療養する場合、その人は二十四時間、家庭内の一つの部屋を「占領」することになる。もちろん最近では私たちも、自室なるものをもっている場合が多いのだが、しばしば居間と呼ばれる共有空間に出て行ったり、台所の食卓で気楽なお茶の時間を過ごしたりする。しかし療養生活をする人は、ベッドかその周辺の空間が、ほとんど「全世界」になるのだ。

夫が定年後、濡れ落ち葉のように家にいるのでうっとうしい、二十四時間あの顔を見るのは嫌だと言う妻がよくいるのだが、それでも健康で定年を迎えた人なら、時には中学のクラス会に行ったり、パチンコ屋、タバコ屋などに行くこともあるだろう。しかし病人と高齢者は、それもできないのだから、その人のための生活空間をきちんと作らねば、当人も気の毒なら、周囲も疲れてしまうことになる。

最も意外だったのは、三浦朱門は朝はきちんと起き上がって服を着替え、体力はないのに、昼の間はいつも横になっているということもなかった。ベッドの隣には、ほんとうは私の所有物だったマッサージチェアがある。仕事をすると、肩や背中が凝る私が買ったものだが、その椅子を昼用の居場所として占領してしまったのである。だから目下のところ私はこの椅子を使えなくなってしまった。

そのマッサージチェアは庭を背にして、つまり光を背後から受ける位置にあった。たまに見舞いにきてくださる方は「キレイなお庭の緑が見られなくて残念ですね」とお世辞を言ってくださるのだが、光源を背後にするということは、読書に最もいい状態なのである。もっとも日暮れとともにこの自然光を取り入れる機能は無くなるわけだが、私はそこに思い切って、長さ二メートルに近いLEDの電灯を取り付けた。それは恐ろしく明るくてマッサージチェアにいようが寝床にいようが理想的な読書の光源になったのである。しかもスタンドと違ってコードがないから、足を引っかける心配もない。

体が弱ると人は何をするかというと、普通はテレビを見ていると思いがちだが、私の周囲の高齢者に聞いてみても、テレビを見ているという人はあまり多くない。その第一の理由は、難聴者が多くて、音声を聴き取れなくなっているからである。だから高齢者対策としては、すべての番組に文字で内容を説明するテロップを入れるべき時代に来ていると思うのだが、放送関係者はそのことに気がついているかどうか。

ついでに言うと、高齢者の身体的不自由を予防するために、聴力の保持は意外と大切なものだと思う。耳の聞こえの悪い人は、ぼけも早く来るような気がする。私達はふつう溢れるほどの情報の流れの中に置かれていて、喜んだり、あきれたり、うんざりしたり、奮発したり、「とにかく今日は寝よう」などと考えている。しかしそのような刺激が途絶えると、精神の活力はどうしても衰えるらしい。

聴力を保持するには、どうしたらいいか。

私は医師でもないので言う資格はないのだが、個人的には、頭蓋骨の中の血流を常によくしておくことしかない、と考えていた。

女性は五十歳を過ぎると、よく「エステ」なる美容術に通うらしい。私も一回だけ、七十代に足首を骨折して手術を受けた後、北イタリアにローマ時代からある温泉に療養に行ったことがある。旅費はかかるが、質実なドイツ人たちもたくさん来ているような中級ホテルで、滞在費・マッサージ代もこみで、一日二万円くらいだった。

その時、一度だけホテル付属のエステティシャンから勧められて美顔術を受けたのが、顔全体の皮が剥けて世にも悲惨な結果になった。厚い面の皮が一皮剥けただけよかったか、と思うことにはしたが、爾来、その手の美容術は受けたことがない。

しかし私はそれと同じくらいのお金を、リンパマッサージに掛けた。私は五十代には、体中のあちこちにしこりがあり、体温は三十五度二分くらいしかなかった。癌発生に適した体温だという。マッサージのおかげで私の体の凝りも十年間に取れ、体温も今の三十六度五分まで上がった。その時、肩から首、頭皮まで揉んでもらうのである。頭蓋骨の中の血流をよくすれば、私のできの悪い目玉も少しは視力を保つだろう。私は生まれつきの強度近視で、五十代で手術を受けるまで、ほとんどまともに人の顔を見た覚えがなかった。

しかし人間の能力というものは、補完的な機能がよく働くもので、私は見えない代わりに、聴覚と嗅覚は発達した。人は顔立ちではなく声で覚えた。若い頃、鼻の利くことは「犬並み」であった。他人のうちに行っていきなり「今日、このうちのお味噌汁はサトイモでしょ」などと言い当てたこともあったのである。

頭蓋内の血流をよくしておけば、聴覚や嗅覚と同時に、脳の働きも、ついでに歯も保つかもしれない、と私は期待していたのだ。私はまだ幼時に親知らずを抜いているだけで、全部自分の歯を使っている。

とにかく世間は聴力保持のためにもっと心を使うべきだ。それが認知症老人の率を減らすのに役に立つだろう。


夫はだからほとんどテレビを見なくなった。夫の父は晩年野球漬けだった。プロ野球から甲子園まで一年中野球観戦だった。野球のない時期の時間つぶしは、少しお相撲が埋めてくれた。夫の母はそれでうんとお守りが楽になっていたと思う。

マッサージチェアとベッドの他に、夫の枕元には低いタンスがあり、そこに自分が手元に置きたい品々が並んでいた。それらは二階の寝室で寝ていた頃の枕元の備品をそっくりそのまま下ろしたもので、いわばそれが彼の神棚のようなものである。タンスの上には、彼の父が訳したダンテの『神曲』の文庫本、愛用していたパイプ、母の若い頃の頭部の彫刻が置いてある。彼の洗礼名の聖パウロのイコンも壁にかけてある。これらのものがあるから、夫の周辺は温かい羊水に包まれた胎児の安心に似た空気があるのかもしれなかった。

食事、風呂、睡眠のスケジュール

自分のために買ったマッサージチェアを私は夫に占領されてしまったが、これは意外と効果のある家具だということがわかった。何しろ歩くことが極度に少なくて、当然運動不足になっている下肢や背中を、夫はほとんど一日中揉んでいるのだから、ある程度は、血液の循環を助けることになったらしい。

あまり一日中、マッサージ機能を使い続けているので、私は揉み玉が当たる部分の皮膚が傷むことを恐れたが、それでもその方が気持ちいいというので、あまり厳しく止めることはやめた。何と言っても九十歳なのだ。不都合が出ても、それに困る人生の残り時間も長くない。後は、現在気持ちいい状態を非常識に選んで生きればいい。

彼のベッドから三メートルほど離れたところに、私が使っていた普通のソファがあった。これは病人ができてからは、かなり便利な家具として再評価された。夫が退院してしばらくの間、私は毎夜、そのソファに寝ていたのである。飛行機のファーストクラスくらいにはリクライニングするので、それなりによく眠れる。そうすることで私は夜中の夫の動きを観察することにした。動物学者たちが、夜中にライオンなどの生態を観察するのと同じやり方である。相手がライオンと違ってかみつく危険もなく、アフリカのサバンナのテントと違って私のソファは実に気持ちいいのだから、楽なものだ、と私は自分を楽しくする方法にも熱心だった。ソファの傍(そば)に、使っていなかった移動式の台を持って来て、読みたい本や、手を入れなければならない校正刷りなどを置くことにした。そこに宇宙基地みたいな、私の小世界ができた。

朱門は朝、六時半頃食事。スープ、果物、コーンフレークス、温泉卵などのうち気の向いたものを食べる。

十時頃、ドクターからもらっている甘い飲み物を一缶、冷蔵庫に入れておいて飲む。水分と必要栄養素の入ったものだという。お昼は麵類。三時にまた飲み物。夕方お風呂かシャワー。入浴は毎日ではなく、週に二回。一回は専門の介護士さんが入れてくださる。私は相変わらず、自分が相手の重みを支えきれなくて、すべって頭を打った記憶が抜けないので、浴室恐怖症が治っていない。だから私だけの時は、シャワーでカラスの行水(ぎょうずい)をさせるだけである。しかし「少しくらい垢(あか)が残ってたって死にやしない」という例の呪文を唱えて、それでいいことにしている。

夕食後、私は再び自分のソファに座り、読書をするか、校正刷りを読む。編集部からチェックしてくださいと言われているたくさんのゲラも、この時間のおかげで驚くほど早く朱を入れて返せるようになった。それまでは校正刷りなど、期限も決めずに引き受けておいて、ずるずると仕事を引き延ばし、いつできるともわからなかったものなのだが、夫が倒れてからは、秘書が驚くほどの速さで片づくようになった。全く仕事には、いかなる環境が向いているのかわかったものではない。

こんなことをしている間、夫とは別に会話は出来ないのだが、これが夫と私が家族らしい空気を保つ比較的貴重な時間になった。多分世間では別にケンカしていなくても喋らない夫婦はたくさんいるだろうし、ゲラを読む私の傍らで、時事的な問題を扱った新刊書を読んでいる夫は、この時間ほど落ちついていることはないところをみると、たぶん「彼らしい、いい人生の時間」を過ごしているのである。

そこで私は、衛星テレビを見ることもある。ナショナルジオグラフィック、アニマルプラネット、ヒストリーチャンネルなどで、知らなかった多くのことを教えられる。貧乏、文明嫌い、サバイバルの力を試したい、などの理由で、荒野や、極寒の地や、無人島などで生きる人たちの記録が私は大好きで、たいてい勉強のつもりでおかしいほど真剣に見ている。

それらの番組に出て来る人たちは、非常に寒い北方のケースは別として、たいてい裸足で歩いている。それだけで私の尊敬の対象だ。私はシェーグレン症候群の症状の一つで、足の裏があちこち炎症を起こしているので、厚いソックスを履き、底のしっかりしたビーチサンダルをつっかけていてもまだ、足の裏が痛い。だから歩く能力は猿以下である。

BBCとCNNも入るから、ついでに日本のテレビでは伝えない世界の側面も見ることが出来る。日本のマスコミはつくづく島国根性で、他国のことに興味がないのだな、と思う時もある。

夜八時半になると、朱門に睡眠薬と新しく汲んできた水を渡す。薬を早く渡してほんとうは解放されたいのだが、少なくとも八時すぎてから飲んでください、ということが守れない。受け取ったらすぐに飲むから、明け方前に眠りが切れるらしい。だからどうしても八時半までは薬を渡せない。

今日は何曜日、今は何時、お客はいつ、というような時間がどうしても記憶できない。「近過去」が覚えられないだけでなく、今週、来月、などという月日の経過も、正確には把握できないらしい。だから朱門には今や退屈ということがないのである。

昔、流行作家だった知人がいた。あちこちのテレビに出演し、その人の著書には大勢の固定ファンがついていた。しかしその人も次第に、今日が何日か、どんな会合がいつどこで行われるかもわからなくなって来た。そんな状態が続くと、次第に仕事の「注文」も減って来たらしい。

私たちが一番気にしたのは、そうして忘れられることを、その人は悲しがっているのだろうか、ということだった。××社の編集者の○○さんは、どうして最近は電話もかけて来ないのだろうかと気にしていないだろうか。編集者と作家は長い年月には、仕事のカウンターパートではなく、友達のようになるものだからだ。しかしその人はものの見事に、過去の自分の暮らしぶりを忘れていた。だから退屈もなく、不安もなく、恨みもなく、期待もない、という一種の穏やかな境地に達していたらしいのである。

モノはどんどん捨てればいい

穏やかな睡眠剤に当たる薬を、宵（よい）のうち早く渡してしまうと、朱門はどうしてもすぐ飲んでしまうので、私は必ず八時半まで、夫のベッドの隣のソファで読書や雑用をしながら、時間を過ごすのが毎晩の習慣になった。この最後の儀式が済むと、電灯を消し、「お休み」と言って二階の寝室に上がってしまう。

これは全く意外なことであったが、夫が半分寝付くようになってわかったことは、私にとって今一番楽な仕事は「書くこと」になっていた。年齢を考えると当然のことなのだが、私の体力の衰えは明瞭なものだった。よく年取ってますます気力旺盛、若さが戻ってきているような気がするという有名人の言葉がテレビや雑誌に出ているが、私は全くそうではなかった。多分持病のシェーグレン症候群のせいなのだろうが、一番「力落とし」になる種は、体中の軽い痛みと、しばしば出る微熱であった。

しかし私は多分年相応であることを、少しも不服に思っていなかった。それを「人並み」と言い、もしかすると「人間的」とさえ言えるのかもしれない。私たちは常に人並みであることを社会にも経済にも求めていることを忘れてはならない。

私は昼の食事が済むと、三時か四時までベッドで寝ることにした。ありがたいなあ。第二次世界大戦のノルマンディ上陸作戦の部隊でもなく、ベトナム戦争で泥沼の闘いをしたアメリカ兵でもない。家族皆が、休んだ方がいいと言ってくれる。寝床はいつも乾いていて静かで、私専用のテレビもある。熱が出る時はそれだけ深く眠り、「眠い、眠いと思いながら寝てる」と笑うこともあった。

しかし書くということに関しては、支障は全くなかった。いつでも椅子に座ったまま、パソコン上に指先だけ動かしていれば、きれいな紙面の原稿ができるのだから、ほとんど体力など要らないのである。それに私は、まだ書くことがなくて苦しんだことはなかった。書くことがなくなったらすぐ止める、と若い時から心に決めているのだが……私は何事によらず不自然が好きではないので……今日までまだ流れは続いている。

作家は体の弱点をさして意識しないでやれる仕事だったのである。これが畑仕事だったりお豆腐作りだったり、店先や旅館で、お客を迎えねばならない仕事だったら、私はこのだるさのために続かなかったろう。

作家は怠(なま)け者でもできる仕事だといわれていたが、そのことを、この年になって改めて実感した。外出が減っただけ、私は今が一生を通して一番早くたくさん書けるのである。そして私の頭は、行動が不自由になった分だけ、まるで単純なコンピューター程度には、多くのするべき行動やその理由を、整理して組み込めるようになっていた。今度書庫に行ったら、本一冊だけではなく、午後から、いや明日書く予定の資料まであれとあれとあれを持って来ることにしよう、というように、やむなく複合的に、頭が働くようになった。

頭脳だけでなく、行動、空間、物質すべての整理で今や私は救われていた。要るものと要らないものを素早く区別し、要らないものを（物質にせよ、感情にせよ、人間関係にせよ）捨てることが私の生活を救った。私の道楽は捨てることになった。読み終わった新聞、古い雑誌などは、決められた階段下の空間にすぐ運んでおく。古い資料、頂いた手紙、その他、あまり考えずに断裁機にかけた。私はむしろ整理魔であった。床にモノをおけば朱門の歩行に差し支える。だから家の中にはモノがあってはいけない。道場のようにがらんとしていなければならないのだ。

それに私は実生活の上で、探しものをする気力がなかった。冷蔵庫の中もますますがらがらにして、「在庫品は一目瞭然」にした。

先日も、ケアマネージャーさんのような仕事をしておられる方が家の中を見に来られて、よく病人のためにこんな広い空間を取れましたね、と言われた。「お広いお家（うち）だからこういうことが出来たんですね」とあからさまに言った人もいたが、実は朱門の現在の居場所は、もとは家族の居間と、広げれば十人が座れる食卓のある食堂であった。私は五十年前にこの家を建てる時に、できるだけ仕切りを作らなかったのである。

私はほんとうはパーティーも好きではないし、お客をするのも面倒な性格だったが、私の家では長年二、三ヵ月に一度会合をする必要があった。私が四十歳から八十歳まで続けることになった、海外邦人宣教者活動援助後援会（ＪＯＭＡＳ）という組織の運営委員たち十二、三人が、二月（ふたつき）か三月（みつき）に一度我が家に集まって、この会の名が示す通り海外のどこかの拠点で働いているカトリックの神父や修道女に、集まった資金を送る相談をしていた時代もあったのである。この会は私が一人で始めたのだが、後に私の卒業した聖心女子大学の友達たちが手伝ってくれたおかげで、後輩に譲り渡すまで実に四十年間も続いた。

その例会を我が家でしていたのは、うちで用意した質素な夕食を食べながら相談をすることで、受けた寄付の中から会合費、通信費、電話代など一切を落とさないためであった。だから私たちは年間受けただけの全額を寄付に使えた。その時の私の任務はこの部屋に十三、四人がどうにか座る場所を確保することであった。食事の内容はおでんとか、お握りと豚汁とかごく簡単なものであった。

そういう時に使っていた空間をつぶした、ということは、私はもう自宅でお客はしないということだった。私はその世界を自分で切ったのである。私は昔から思い切りのいい性格だと言われることはあった。すべてことは過ぎ去るのだ、と聖書も書いている。変化のない人生はない。時々の変化を自然にというより仕方なく受け入れるのが、人並みな生活の送り方だろう。

夫が突然倒れた時のこと

老人が年を取って性格がいささか変わることは仕方がないことだろう。私自身の実感でも、鈍感になる部分と、やはり体験の積み重ねで、違う見方が敏感にできるようになる面とがある。

夫のケースだけでなく、実はもう三十年以上も前、実母が脳軟化で倒れた時に、その変化を体験したのである。

それまでの母は、実の娘から見ても、かなり頭の切れた、世間の思惑（おもわく）に左右されない人であった。自分の好みや、彼女なりの一種の正義感も持っていた。戦争中、政治的に政府に抗議するような言辞（げんじ）を弄（ろう）したことはなかったが、敵性国語であるという理由で、当時の文部省が学ぶことを禁じた英語も、私にプライベート・レッスンを取らせて習わせ続けた。

しかしそれらは、母の内面で静かに行われていた一種の選択であり節制であった。母は一人の庶民として守れる範囲の自由を使っていただけで、それ以上のことを期待したことはなかった。

そうした母の内面が、七十代の或る時から、説明しようもない微妙さで崩れて来たように私は感じていたのである。

特に背徳的になったというのでもない。もの忘れでもない。しかしものごとの受け止め方において「母は変わった」のである。どうしてそんなことを言うようになったのか、私はわからなかったのだが、非常に困惑することでもなかったので、私は深くは気に止めなかった。

資料として買ったごく一般的な医学書を読んでいるうちに、私は一部の本で「脳の動脈硬化が、性格の変質を見せる」ことを知った。その項目は、しかし医学書の中のほんの一、二冊に書いてあるだけで、どの本にも載っているわけではなかった。性格の変性は、家族が時々ふと匂うように気づくだけで、医師が外来の問診でわかることではないからだろうか。しかし私は母の性格が変わったと感じた時から、脳の病変を感じるべきであったのだ。

老年は変わって普通だが、変わらない部分もある。

夫は若い時から、不真面目を絵に描いたような人であった。決してまともな表現をしない。若いお嬢さんには必ずからかうようなことを言う。行動の上では何もワルサをしないが、言葉の上の「不良」である。

だから私の一家は、いつも笑ってばかりいた。世間のことを、いつも斜めから見て喋っている。

おもしろいことに、こうした姿勢は、今度体が弱るような一連の変化が出た後でも変わらなかった。

夫は或る日突然、崩れるように倒れて、頭にこぶを作り、右目に青痣（あおあざ）を作ったのだが、そのことを人に聞かれると、むしろ上機嫌だった。

「ええ、これは女房に殴られたんです」

世間から見たら私はそんなことくらいやりそうに見えるだろうが、私は口は悪くても、暴力だけは振るわない。子供の時、家庭内暴力を体験しているので、むしろ暴力的なことには震え上がって動けなくなってしまうたちだ。

しかし結婚以来、夫は私の評判を悪くすることが大好きだった。つまりイタズラである。その点で遠藤周作さんと気が合っていた。我が家ではお隣さんにごく近い所に自動車を止める場所がある。若い時、車で出かける私を、用もないのに送って出ながら、夫はわざと手でメガホンを作り、お隣さんの方角に向けて、「じゃ、夜はテンプラを揚げておくからね」などと大声で言うのが好きだった。私が家庭をほっぽらかして出歩く妻だと、近隣に宣伝したかったのである。

こうした性癖は、面白いことに病気をしても、根底からなくなってはいなかった。


朱門が倒れてから間もなく、川崎市の老人ホームで、四階にいた入所者が立て続けに、高さ一メートル以上もあるテラスの手摺(てす)りを越えて落下して死亡した事件があった。体力のない老人にとっては、自殺的な行為にせよ、手摺りを乗り越えて飛び降りるのは、かなり大変なことである。

しばらくして、犯人が割り出された。当時、そのホームに勤めていた若い職員の青年だった。

私は老人といえども、社会の風から隔絶されるのはいけないと思っていたので、犯人の「おじいさんの入所者が、お風呂の度に入るのを嫌がるので、投げ落とした」という警察に対する自白が報道されると、すぐに夫に言った。

「ほら、ごらんなさい。お風呂の度に『今日は入らない』なんて駄々をこねると、私に四階から突き落とされるのよ」

我が家の会話はいつもこの手の、いささかの悪だか毒だかを加味した形で喋られていたのである。

私は夫がお風呂をいやがる度に、このセリフを繰り返した。

「うちには四階はない」

と夫が言うと、

「そのうちにお金を貯めて四階を建てます」

と言い返した。するとまもなく夫は、うっすらと笑いながら、

「四階のある奴には、警告しとこう」

と冗談に応ずるようになった。

夫が倒れるまで、うちではよほど忙しい日以外は、食事の時テレビをつける習慣はなかった。食事は皆が喋る機会であって、世の中の出来事なんて、後からフォローすればいいのである。

しかし夫が倒れてから、私は言葉少なくなった夫のために、必ずテレビのニュースを見ながら食事をするようにした。その方が社会から断絶されず、平均的な感情も失わず、軽薄に喋る種(たね)も得て私と夫の会話を継続することもできるように感じたのである。

夫はテレビのニュース番組を見るのは好きだった。新聞も週刊誌も総合雑誌も、持って来られるのを待つようにして読んでいた。一日おきくらいに車で本屋に連れて行ってもらい、韓国と中国に関する経済の本を買って来て読んでいた。

よく歩く、薬は控える、医者に頼らない

私たち夫婦はずっと以前から自分たちの老後の生き方について、一部ははっきりと決めていた。一部と言うのは、全部は人間の力では到底決めかねるからである。たとえば死ぬ時期だが、それは神仏の定める領域である。

「健康な老人」は非常に恵まれた状態にいるのだが、それでも若い時と違って、思う通りの境地を生きられるものではない。だから老人は誰もがもっと謙虚に自分の衰えを予測して、目が見えなくなった時、片足が動かなくなった時、手の指が使えなくなった時、とそれぞれにどう自分が対処するかを、考えられる限り決めておくべきなのだ。

まだ中年の頃、私は尊敬する老医師から、人間の最期に臨んでやってはいけないことを三つ教えられたことがあった。
○点滴乃至(ないし)は胃瘻(いろう)によって延命すること。
○気管切開をすること。
○酸素吸入。
若い人が事故で重体に陥ったような場合は、もちろんあらゆる手段を使って、生命維持を試み、それを回復に繋げるべきだが、老人がいつまでも点滴で生き続けられるものではない。また気管切開をすると最期に肉親と一言二言(ひとことふたこと)話をするという貴重な機会まで奪うことになるから絶対に止めた方がいい、と私は教えられたのだ。

何歳からを「もういつ死んでもいい老後」と決めるかは、自分で決定するほかはないと私は思うのだが、私たち夫婦は、老後は、一切生き延びるための積極的健康診断も、手術などの治療も、点滴などの延命のための処置も受けないことに決めていた。現実に思い返してみると、私は六十歳くらいから、癌などの早期発見のためのレントゲン検査を全く受けていない。それでも私は既に八十代の半ばまで、特に重い病気もせずに生きて来たのだ。私の知人の医師たちは、「レントゲン検査を受けなかっただけでも、長生きしますよ」と私をからかう。

しかし医療行為を自発的に受けないからと言って、私たちは自暴自棄的な生活をするつもりはなかった。私は自然にできる限りで、家族の食事に気を配り、睡眠、仕事、生きる意欲すべてに、前向きであるように仕向けているつもりだった。レントゲン検査を受けなくなったのも、いろいろな素人向きの本を読んで、「たとえ微弱なものにせよ、被曝せずに済めば、その方がいい」ように思ったからである。

老人にありがちな薬の依存症もよくないことは、はっきり知っていた。薬というものがあるとすれば、それは毎日の食事と食材にある、と私は考えていた。だから東京の家の庭にわずかばかりの菜っ葉を生やして、間引き菜をお浸しにして食べるような暮らしをして来ている。夫は私と違って薬大好き人間で、毎朝サプリメントを飲むが、大きなビタミン剤などは、私が勝手に半分に切って飲ませている。すべてないよりまし程度でいいのが、老後の生活なのである。

私自身、長生きは必ずしも社会と自分にとっていいものではないとも思い始めていた。仮に思考が奪われた老後の自分を考えると、生き続けるのはそれほど望ましいものではなかったし、一人の老人が長生きすれば、確実にそれだけ若い世代に回すべき健康保険の費用を使うことにもなる。だからと言って「老人は早く死ぬべきだ」などと私は一度も思ったこともないし、書いたこともない。しかし自然の寿命を大切にして、自分はそれ以上は望まないことにしたい、と考えているのである。

何歳で死ぬのがいいか、ということは、実は誰にもわからない。寿命は神に任せて、自然に健康的な生活をすることにすれば、それがもっとも明るい生き方だろう。

夫は健康と体の機能保持のために、六十代には毎朝ランニングに凝っていた時代もあった。私の知人で、八十代でも毎日一万歩歩くことを目標にしている人もいる。しかし私は毎日一万歩も歩く時間がない。その上、私はスポーツ嫌いで、運動というものを終生しなかったのである。その代わり家の中で、こまめに体を動かすことはしなければならない、するべきだ、と今でも考えている。

自分勝手に健康診断に行かないことは、まことに楽であった。私は満六十四歳から七十三歳まで或る財団に勤めたのだが、そこでも「健康診断に行って下さい」と言われたにもかかわらずそれに従わなかった。私は無給の会長だったから、いわば身勝手ができたのである。その健康診断の費用は数万円もかかる高いもので、財団が払うのだが、私はすでに若くはなかった自分の立場を考えて、人のお金をそんなに使ってわざわざ「被曝する」必要はない、と考えたのである。

私の考え方が正しかったかどうかはわからないが、私の周囲には、インフルエンザ・ワクチンさえ自分で打つ医師がほとんどいなかった。「あんなもの、効きやしませんよ」とあからさまに言う人もいれば、ワクチンという異物を体に入れる方が毒だと言う人までいた。

健康保持は、確かに科学的な世界だが、個人の趣味や選択の部分があってもいいだろう。もっとも健康保持のために私が興味を持った分野がなかったわけではない。私は昔から漢方に興味を持っていて、ひまなときにその手の本を読み、自分の体の不都合は売薬の漢方でなんとかコントロールできることも多かった。昔の人は煎じ薬を飲んでいた。野生動物は自然の草の葉を噛んで自分を治す。あれでいい。

夫が退院して来て我が家で療養することになった時、私たちは、積極的治療をしないという三原則を守ることにした。食べて生きるのであり、いささか無理に歩くことで日常生活を保つ。それ以上、過激な医療行為はしない、という取り決めを守ることにしたのである。

介護にお金をかけるべきか

最近よく、貧困老年とか、老後にいくらお金がかかるか、などということが論じられるようになった。関心が集まった理由はそれほど皆が、長く生きるようになったのである。

私はカトリックの修道院の経営する学校に育ったので、友人の中には修道女が多い。常にその中の何人かは、アフリカの僻地に入って、子供たちに字を教えたり、小さな診療所で働いたりしている。

或る時、そういう修道女たち数人が集まって「修道女たちの老後」について話し合ったことがあったという。つまり修道院の老齢化の問題である。日本で働いている人たちは、老人ホームを経営する側だった。当然それにはそれで、人間関係を主とするあらゆる難点が出て来る。

すると中に一人、アフリカで働いている人がいた。たまたま休暇で、日本の修道院の本部に帰って来ていたのである。彼女は初め黙っていたが、皆に、「お宅の修道院ではどうしてるの？」と訊かれると、穏やかに答えた。

「うちじゃ、そういう問題は起きないわ」

「どうして？　アフリカの家族たちは、そんなに皆優しく家で老人の面倒を見てるの？」

「ううん、年寄りになるまで生きてる人がいないから」

まさに常識の足をすくわれたような返事だった。長生きが幸福かという問題もそんなに単純ではない。

一般的に言ってアフリカでは救急車というものはすべて有料である。そしてそれは恐ろしく高い。呼ばれた救急車はまず日本では何万円にも相当する金額を家族に要求し、「そんな持ち合わせはない」と言うと、それでは親戚を廻って金を借りて来い、と言う。それでも請求額が集まらないと、救急車は病人が苦痛にのたうちまわっていようと、血を流していようと、その場に放置して引き上げる。

そんな話が出た時、一人、やはりアフリカ赴任中のシスターが、「うちの方ではそんな問題は起きないわ」と言った。何か人道的な方法があるのか、と皆は期待して話の続きを待ったのだが、彼女は穏やかに話を続けた。

「うちの方は、電話がないから、救急車も呼べないの」

「そうね。電話がなければ、救急車はムリね」

ということで、その話は終わったという。

私がチャドという国の田舎のミッションの基地で、そこにいる日本人のシスターとテラスのような所に座りながら表を見ていると、一台の牛車が入って来た。ギイギイ、ゴロゴロと音を立てながらである。すると日本人のシスターが私に言った。

「曽野さん、あれがこの国の救急車ですよ」

それでも、牛車を持っているか、借りて来られる人は、まだしも恵まれた人だという。たいていの病人は、いい加減なものにせよ、医療設備のある所まで辿り着けない。バス路線もない。タクシーもなく、あっても頼むお金はない。

病人は牛車の上に布団を置いて寝かされていた。私の見た病人は、女性で、夫と息子がつき添っていた。他にその牛車には、鍋釜、水の容器と薪、食糧にする粉や藷、それにやや大きめの石三個が積んである。石が三個あれば、どこでも地面の上で煮炊きができる。

この牛車の救急車も、もしかしたら数日がかりで辿り着いたのである。それでも夫や息子につき添われている病人はしあわせだ、という人が日本にいた。日本の老人は、息子も忙しくて、とうていつき添ってなどいてくれない。

こういう世界があることを思うと、私が夫の世話を始めた生活は、ぜいたくなものだった。私はまず家の中を早目に整備した。夫よりも私の方が、先に動けなくなりそうな気がしたからである。七十四歳の時に足首を骨折した跡はよく治って、私はその後も何度かアフリカへもでかけたが、必要なものを取りに二階にかけ上る生活をいつまで続けられるかはわからなかった。私はそれを見越してまだ何でもないうちに、むき出しの椅子がゆっくりと二階まで昇る昇降機をつけた。浴室にもトイレにも、必要な場所を自分で探して、手摺り(てすり)を設置した。廊下にも、バレエのダンサーが練習に使うようなバーを取りつけた。

これらのものは、私自身か夫か、どちらが先に使うようになるかわからないが、それより先に、時々訪ねて来て下さるお客さまの用に立ったことがある。自分たちが高齢になると同時に、知人、友人たちもまた年を取るのである。

私は「備える」ということの好きな性格なのであった。その年頃になると、私は自分が服やハンドバッグなどを買うための支出が必要なくなったのを、楽しく感じていた。デパートめぐりをする元気がなくなっていたから、服は必要があれば通販で買えばいい。ハンドバッグはまず軽いことが大切だった。ワニ革のハンドバッグなど、下さるという人がいても重くて持てない。軽いハンドバッグは大体すべて「ビニール」製で（正確には何という素材か私にはわからない）、軽い上に汚れれば雑布で拭けばいい。今の私にとって優しい贈りものというのは、すべて体力と釣り合っているものばかりだった。そのようにして体力を温存してこそ、私は片手間の介護にせよできるのである。

私は自分が働いてお金を得ていることで、こうした自分に合った設備ができることに深く感謝した。他人の目には、あまり触れない部屋の軒先に、洗濯物を室内から干せる装置を作るなどということにお金をかける必要はない、という人がいるかもしれない。しかし老人の怪我(けが)の多くのものは、洗濯物を手に屋外の物干し場に行くために、履物をはき換える時に起きる。冬の戸外に乾いた洗濯物を取りに行くのだって、寒くて風邪のもとかもしれない。私はそうした機会を減らそうとしたのである。その手の保身のための設備をするのに、老年には余分なお金が要ると言えば確かにその通りであった。

「話さない」は危険の兆候

かつて一つの老人ホームを見学して帰って来た人は、あまり明るい表情ではなかった。

「施設が汚かったんですか？」

と私は尋ねた。

「いいえ」

とその人は首を振った。

「新築ですからね。設備だって、最新鋭のものよ」

その人は、自宅の風呂に入る度(たび)に、いささか危険を覚えることがあった。滑りやすかったり、段差の構造にうまく対応しきれないと思うこともあった。しかし老人ホームの大風呂は温泉のようで、ゆるやかな段と手摺り（てすり）で入り易（やす）そうだったし、何よりも明るくて豪華だった。

「老人ホームのお食事は、まずくはないけど、おいしくはない、って言っている人もいますよ。試食していらしたんでしょう？」

と私はなおもその人の浮かない表情の理由を探ろうとした。

「ええ、そうね。私好みの味ではなかったけど、まあ、あんなもんでしょう」

とその人は理解があった。一言余計につけ加えれば、どうしてきちんとした料理人もいる老人ホームの食事があまり魅力的でないのかというと、つまり味が薄いのである。確かに味は、地方によっても違い、その家庭によっても違う。一般に関西は薄味で、関東は味が濃い、という傾向があるようだ。しかし、地方性を除いて言えば、老人ホームの献立や病院食がまずいのは、塩分が足りないからである。塩さえ入れなければ、健康にいいと思っている人が、やたらにふえたのかもしれない。

しかし体験から言って原因はそればかりでもない。老人の食欲が落ちて食事を摂らなくなり、アイスクリームと紅茶、桃の缶づめくらいしか口にしなくなると、気がつかないうちに塩分が足りなくなって、やがて吐き気がしてくることがある。

私の場合は、アフリカの暑い土地で暮らしていると、時々そういう状態になった。人間、水を飲まねばならないということは知っている。私もそうだった。疲労と暑さの中で、水ばかり飲んでいたら、食欲は全くなくなり、やがて吐き気がしてきた。熱が出たこともある。そのうちにふと思いついて、そうだ、朝から、果物とジュースくらいしか摂っていなかった、と自覚した。それで塩昆布の一片のようなおつまみを口に入れる。すると数分で吐き気はおさまるのである。

塩味の問題は別にして、老人ホームが魅力のない場所と感じるのは、そこの住人たちが押し黙って暮らしているからなのかもしれない。

　もちろん、そうでない施設もある。或る時、私はやや贅沢な老人ホームの住人に、施設内の食堂でお昼食を食べさせてもらったことがある。

　私の隣のテーブルには、先に二人の「住人」らしい男性が座っていたが、後からやって来たやはり男性二人は、残っていた二席にごく自然に座った。彼らの話の内容は聞こえなかったが、会社の近くのレストランに座っている勤め人、という感じだった。

　食事が終わった後で、どうするかが、私には一つの興味だった。端的に言うと、どういう「お開き」の仕方をするのか、と思ったのである。すると彼らはうどんか何かの丼を食べ終わると、ほぼ同時に立ち上がり、ちょっと手を上げて挨拶をすると、それぞれに、思い思いの方角に、勝手な速度で出て行った。

　彼らがいなくなってから、私は昼食に招いてくれたホームの住人に言った。

「いい所にお住まいですね。ここの方たちは、ちっとも老人じゃないわ」

「どうしてそう思うんですか」

と相手は尋ねた。

「だって、皆さん、会話をしていらっしゃるから。押し黙ってご飯を食べていらっしゃる方はないじゃありませんか」

会話は、老化を測る一つの目安だ。会話は自分の中に一つの生き方があることを認識し、相手は相手で、また別の世界に生きていることを意識している時に可能なのである。しかし老化は、自分の生きている場の自覚を失わせ、相手の生きる姿に興味を失わせる。

だから、老人が言葉少なになったら、一つの危険の徴候である。

そのためには、若いうちから、会話のできる人になっておかねばならない。会話は別に高級な内容でなくてもいい。ただ人間はふれ合う時に、その接点に熱を帯び、すべての精神のなめらかさが溢（あふ）れ出るものなのだ。

私は子供の時から冷え性で、冬になると布団（ふとん）が冷たくて眠れなかった。これは血流の機能に問題があるからだと気づき、中年以後に独学で学んだ穏やかな漢方薬を服用してかなり状態は改善した。つまり流れを作ったのである。

会話も同じである。幼いとき、若いうちから、年相応の爪先立ちしない自然な会話力に馴れるためには、国語力も、自分を保つ勇気も、いささかの知識も、他者に教えてもらうという謙虚な姿勢も、すべて学んでおかないと、老年の生活に滑り込めない。

日本では、子供には食事の時に「黙って食べなさい」とか、客でもあれば「大人の会話に入り込んじゃいけません」と言って、会話力を封じる傾向にある。しかし多分ダンスも会話も、少しは馴れておかないと、体も頭も動かない。そして黙々と一日暮らすようになると、ますます脳の働きは悪くなるように見える。

社会主義政権の下では、会話は時には危険なものになる。同じ家族の中でも、党の方針に逆らうようなことを言うと、密告されるという例が、中国では起きている。しかし現代の日本では、私たちの生活は、ほんとうに自由であたたかい。お互いの理解があれば、たいていの会話は笑いの中で済み、それぞれの精神の居場所を保持できる。だから私たちは会話のできる人として老後を迎えなければならない。

自宅で家族に面倒を見てもらうにしても、老人ホームで暮らすにしても、「ありがとう」を言える習慣に始まる会話を続けることは、むしろ老人の任務と言っていいほどである。

介護にも「冗談」が大切

直接、病人の介護とは関係ないような話だが、最近また世の中で、少しばかり鬱陶しい空気が立ちこめるようになった。大統領選挙活動中のトランプ氏が使ったということで、「ポリティカル・コレクトネス＝ＰＣ」という既成の単語のもつうさん臭い匂いが復活して来たのである。

電子辞書でポリティカル・コレクトネスを引いてみると、いよいよ怪しい言葉だという気がしたのは、「ポリティカリーにコレクトであること」としか書かれていないからである。つまり現代のマスコミは、卑怯にもこの語を訳そうとしないのである。だから、この英語に関しては、大学の英文科を出ただけの私が「政治的に正しくあること」という直訳でお茶を濁さねばならない。

そもそも日本語に訳せない語というものは、すべて用心すべきだ。それは「知っている人だけがわかればいい」ということであり、「わからない奴はまあ、わからないままでいいんじゃないの？」というイジメの精神の匂いがするからである。

しかし、当然のことだが、その国の言葉に訳せない語などというものはないはずだし、ラジオやテレビのように、訳する以前に一般の理解が普及しない限り、オピニオン・リーダーたちはその努力をすべきだろう。

もっとも、私がたまたま見つけた二〇一六年十一月十七日付の毎日新聞の記事によれば、米国社会に浸透している「ポリティカル・コレクトネス」という言葉は「人は皆、平等であり、人種、性別、出自を巡る差別的な言葉はご法度（はっと）という常識」のことを指すという。

ここにも理想と現実の混同が行われていることがわかる。我々は皆が等しく幸福であり、誰もが重んじられる世界を理想としている。しかし現実はその通りではない。「ご法度」という空気を作って言葉を使わせないことが大切なのではなく、社会制度に差別がないことが大切なのだ。もし現実がそうでなければ、ＰＣは、単に表現の自由を奪い、真実にふれない人間を作るだけのことになる。

第一、政治的正しさ、という概念はほとんどなり立ちえない。政党政治が行われている今日、政治的正当性など、政党の立場を換えてみれば全く違って来る。

トランプ氏の発言は粗野で暴言に近い。女性の顔立ちを揶揄したりするのは、私も非常に嫌いな行為だが、一方でトランプ氏は、日本にも最近とみに殖えはじめた「自らの胸に誇らしげにＰＣバッジをかかげる人々」とは違う精神構造かもしれない、と思わせた。これもクセモノかもしれないが、現実を正視すれば、ＰＣに反することを口にしなければそれでいいというものでは決してない。

コレクトネスというものに対して、ユダヤ人なら「神との折り目正しい関係を言う」と定義するだろう。社会的に見て正しいという評判を与えられるかどうかは、信仰者にとってはどうでもいいことなのだ。しかし神との関係において自分が折り目正しくない時は、自分の人生は失敗ということになる。

私はここで、何もアメリカ大統領選の論評をするつもりはなかった。しかしそのことについて触れずにいられなかったのは、たとえば病人とのつき合い方、介護の世界では、ＰＣなどやっていたら、全く人間性を失うということだ。

私が夫を見るのは、一パーセントもＰＣの故などではない。夫を見る時、私は社会正義も平等も人道も感じていない。ただ縁を信じ、理由なく夫を見守るのは、国家でも社会でもなく、多分自分しかいない、と感じているからなのだ。その納得がいつ迄続くかは問題としても……。

ＰＣのバッジを胸につける人は、社会から非難されないという安全圏に身をおいている。しかし人間的な介護は、そんな「おきれいごと」では済まない。私が今のところ、自然に夫と暮らしているのは、二人の間に、ほどほどの悪い関係を保ってやっているからだ。

その一つは、私はときどき病人いじめをやる。夫が呼んでも、私はすぐには行かない。私自身の足が悪くて、素早い行動ができないからでもあり、呼べばすぐ誰かが飛んで行くという態勢を作ると、夫の介護は現実問題としてできなくなるからだ。すべての人間は——老人であろうと病人であろうと——いくらかは耐える習慣もなければ生きていけない。もちろん病人は健康人と比べて待つのも辛(つら)いのだが、即刻思い通りになるのが当たり前となったら、当人も辛いし、介護人は追い詰められて続かなくなる。

しかし私は私なりに、気を配っていることもある。夫の唯一の楽しみは今、印刷物を読むことだから、夕方になると、まだ本当に暮れないうちに早々と読書灯をつける。

つい最近、日本各地で鳥インフルエンザの流行のきざしが見られ、数十万羽のニワトリや家鴨（あひる）が殺処分された。

かわいそうに彼らは只（ただ）地中に埋められてしまったらしい。そのニュースを伝えると、夫はすぐに、

「もったいない。僕にタダでくれればいいのに」

と言う。食欲もないのに、家鴨を食べたいわけはないだろうが、そういう表現が夫らしいのだ。

「そうよねえ。殺処分した場所ですぐ加熱処理すれば、安全でしょうにね。それにもう老い先短い老人には、少し危険な食べ物だって食べさせればいいのよ」

ＰＣなど振りかざされると、こういう冗談も通じなくなる。我が家では、このアンチＰＣの分野が残されているからこそ、病室が決して暗くならないのである。

明け方に起きた奇跡

さて介護人についてだが、世間は私的介護人の資格についてはあまり考えない。公的な施設（老人ホームなど）の介護人については、私が知らないだけで、かなりの細則はあるのだろう。しかし一般的に、老人や病人を家で「みる」場合、その介護人には、或る程度の力が必要だ。

力、と書いたのには含みがある。

世の中には実にさまざまな力が存在する。政治的影響力も性的魅力も、力である。

しかし介護に最も必要なのは、実際の腕力である。

私にはそれがなかった。だから最初に夫が、外気がかなり寒くなっていた二〇一五年十二月八日の夜明け、まだ四時台に、玄関の外で倒れて動けなくなっていた時、適切に助けられなかったのである。

夫は昔から新聞を楽しみに読む人だった。朝早く自分が起きていれば、さっさと門の新聞受けまで取りに行く。家族が寝静まっている時に一人新聞を読むのはいい気分のものだろう、と私は気にもしなかった。

しかしその朝には、不思議なことが起きた。ちょうどその前日から、我が家には知人の女性が泊まっていて階下の部屋に寝ていた。もう九十歳を過ぎてはいたが、五感も判断もしっかりした人である。

明け方、まだ暗いうちに、彼女は玄関のベルが鳴ったので目覚めた。瞬間、「電報が来たんだ」と思ったと言って、彼女は後で笑っていた。今どき、電報だって配達の人が紙を届けに来るわけではない。表戸のベルだと思ったけれど、あれは錯覚だったのだろう、と思いながら、気になったので一応、玄関に出てみた。するとドアが少し開いていた。

彼女は外へ出て様子をみてくれた。ドアの外のコンクリートから門に向かって五段ほど階段がある。その下に夫が寝巻のまま丸くなるようにして倒れていた。

私が呼ばれて行ってみると意識がないわけではないが、転んでおでこを打って、手足にもすり傷を作った、という感じである。

とにかく寒いから、家の中に入れねばならないのだが、自分で立ち上がれない。

この時夫に何が起こったのか、今でもわからない。二ヵ月ほど後に撮った頭のCTに、脳の異常を示す顕著な変化はなかった。この日以後、彼は何度か転んでその度に頭を打ったのだが、そのどれかの時に起きたものか、薄い皮下出血の痕跡は後に発見された。だがそれも順調に吸収されていた。

私は五段の階段の下から、とにかく夫を立ち上がらせようとしたのだが、力が足りなかった。体を引きずり上げればいいのだが、それができない。しかし寒さの中に放置すれば、いくらガウンを着せても、二次災害が起きそうでもあった。

そして恐らく数分が経った時、オートバイの音がして、新聞受けの口が鳴る音がした。我が家では新聞を三紙取っているが、そのうちの一紙の配達なのだろう。

私はオートバイの人に駆けよった。遠目にもがっしりした体格の男性だと見えたので、私は訳(わけ)を話して夫を家の中に入れるのを手伝って頂けないか、と頼んだ。

そのオートバイの新聞配達人が、その時の救い主であった。それにしても不思議な巡り合わせである。玄関のベルを鳴らしたのは夫ではない。新聞を取りに行く時間が十分かそこら早すぎたということはあるが、毎朝新聞を取りに行く夫には玄関のベルを鳴らして家の誰かを起こす必要も必然もなかった。

それにベルは、夫の行動線上になかった。少なくとも一歩は不自然に向きを変えて押さねばならない。倒れるという行動の中でベルを押してしまう位置にもなかった。

階段の下にうずくまった後の夫は、自分では立てなかった。だから階段を上ってベルを押すということはできなかった。

とすると、いったい誰がベルを鳴らして私たちの注意を引いてくれたのだろう。私たちカトリックは、幼い時から、「人には一人一人に見えない『守護の天使』がついている」と教えられた。だから私たちは危機の最中（さなか）にあっても、後一歩というところでけがをせずに済んだり、重病から回復したりしているのだ、と言われた。信心深い家庭では日々子供たちも手を合わせて、今日一日姿は見えないけれど、私たちの背後にあって私たちを守ってくれた天使に、お礼を言うように教えられたはずだ。

それなのに、長い年月、私はこの天使のことを忘れていた。その明け方、私は何十年ぶりかで、この守り手の存在を背後に感じた。ベルを鳴らしたのはその方だった。

その新聞の配達をしてくれたのは産経新聞社の人だということを私は突き止めて、御礼を言いに行ったのだが、夫を立たせ、肩を貸して階段を引き上げる力が自分にはなかったことが、私をかなり滅入(めい)らせた。

後で本職の看護師さんに聞くと、病人が浴室で倒れた場合も一人で引き上げる方法はあるという。とすれば技術が力を補うことは可能なのかもしれないが、日本の人口の四分の一か三分の一が高齢者になったとすると、病人と介護者の双方が、私たちの家庭のように、力のない者ばかりになる。実に力は平和の元であった。

夫に怒ってしまう理由

私は確かに、一種の強者礼賛の精神を持っていた。肉体的な力を持つ人が一番羨ましい。重いものを持って長い距離を歩けるなどという人を一番尊敬する。

私にはその力がないから、偽物で代替えをしようと企んできた。お金も確かに力の一種ではあるので、お金で楽をすることを考えたのである。

私の住んでいる家はもちろん二階家なのだが、私は自分が歩けなくなる前に、むき出しの椅子が階段を上がって行くような簡易エレベーターを取り付けた。これも私が、少し自分でお金を稼いでいたから、気楽にできたことかもしれない。

こういう配慮はいかにもうまく働いたかのように見えるのだが、私の知人で、私より一世代くらい若い女性は、三階建ての家を建てた時、ちゃんと将来を見越して箱型のエレベーターをつけた。しかし彼女は私と違って、年寄りになる前に死んでしまったので、エレベーターは全く要らなかった。だから用意をすることが、必ずしも賢いこととも限らない。

むしろ私が信じているのは、世の中というものはこういう風に、万事思い通りにならないものだ、という原則なのである。

たとえば作家という職業は、時には時間があり、お金も自分で稼いでいるので、どんな使い方をしても自由だということなのだろう。食通が多いのである。春はタケノコ、夏は鮎、秋は松茸、冬はふぐ。それもどこそこの鮎やふぐに限るという具合だ。

一泊十万円でもすまないような贅沢な旅館、いくら頼んでも予約の取れないレストランなどのことを書いている人もいるが、私は最近、その手の「特権階級だけ」

が享受できる現世の快楽は、全部嫌になってきた。むりをして拒否しているのではない。そういうものとは、無縁で人生を終えられたらすがすがしい、としみじみ思うのである。そんな宿屋やレストランに行きたがるほど落ちぶれてはいない、自分でもっと楽しくおいしいものも見つけられる、という根拠のない自負があるからかもしれない。

レストランや宿屋(やどや)の写真などが雑誌のグラビアページに出ていると、私は建築にも料理にも関心があるから、一応は丁寧に読むのだが、私自身はこういうけたはずれの贅沢を求めずに死ぬのが爽やかな生涯、と思える。大したことではないけれど、それでこそ、思い上がりもせず、人々の暮らしの真(ま)っ只中(ただなか)で生かしてもらえたことなのだ。人のできない贅沢をする、ということは、私だけでなく、ほとんどの人にとっても似つかわしくない行為だから。

松茸も蟹も庶民が買える範囲の値段で、食べられる機会があれば、喜んで食べるが、人のできない贅沢をすることがこの世の幸せとは全く思えなくなってしまった。物質面では人並みか、ほんの少しゆとりがあるくらいが一番幸福だ。力もその程度でいい。

こんなことを考えるのも、私は夫が今人生の晩年に当たって、あまり強欲でもなく、不満も持っていないことに、深く感謝しているからである。

「僕はこういう旅館に一度でいいから泊まってみたかった」とか、「このレストランで食べられなかったのは心残りだ」とかいうようなことは全く言わない。夫が執着するのは本と雑誌だけなのだ。

もちろん夫は生活に不満がないわけではないだろう。私が時々夫を怒るからだ。秘書を呼びつけて紙屑籠(かみくずかご)の中身を捨ててくれ、というようなことを言ったりすると、私は厳密にそれを制止した。もちろん優しい秘書は、そんなことくらいいつでもやってくれる。しかし一応の職種上のけじめは守らねばならない。その手の汚い仕事は私がやれるのだ。誰でも近くにいる人を野放図に使えばいいということはない。だから夫は、「オレはよく女房に怒られる」と思っているだろう。「女房がもっと優しくて、怒鳴らない女だといいなぁ」と感じているだろう。私にすれば、別にことさら怒鳴っているわけではないのだが、夫の耳が遠いから、自然と大声になる。それで私の体力は、最近ひどく消耗するのだ。しかし私はそういう病人や高齢者のやり方にも、心情的に引きずられないことにした。

健康人でも病人でも、壮年でも老年でも、人生に、思い通りにならないことくらいあって当然なのだ。その手の不如意には誰もが耐えなければならないのが現世というものなのだ。

夫は私がオッカナイ女房だから、その難を避ける手をちゃんと考え出した。私に怒られると、全く心も込めず、ただ反射的に「ハイッ、ハイッ」と言う。見え透いたいい子の返事だ。しかし叱られた内容は全く気にも留めていない。

こういうことを読むと、誰か一人くらいは、私に「もっと優しくしなさい」というような悔悟（かいご）を促す投書を賜（たまわ）る方もあるかもしれない。しかしそういう手紙の書き手は、多分、自分が責任を持って、誰かの介護などしていない人だろう。口を出すのは、決まって何もしていない、「外の人」なのだと最近の世間は知っている。私は一人っ子なので体験はないのだが、老父母を引き取って見ている人の体験によると、たまに見舞いにやって来て親の扱いにあれこれ文句を言うのは、決まって親の世話を引き受けていない姉妹兄弟の誰かなのだという。

散々笑って時には息抜き

夫の介護をしながら、書く仕事だけ続けているのが楽で、どこへもでかけたくなくなった、と言ったら、友達が「それは鬱病よ」と一刀両断に診断してくれた。それならそれで、別に不便でもない。しかし私は、自分を家畜と見て、飼い主が心身の糧を与えることだけは怠らないように、一定の日時の間に必ず外出する予定を組んでいるのである。精神の飼料のつもりだ。だから私は、かなり遊んでいる介護人にも見えるだろう。

幸いに、どういうところで遊んだらいいか、という趣味も少しある。十二月中には、オペラの『セビリアの理髪師』を見に行った。イタリアで暮らしているカトリックの女性の友達が来日中だったので、彼女と一緒だった。彼女は言葉も出来、オペラ界の動静にも詳しく、ロッシーニについても造詣が深い上、私たちはカトリックだったので、自由な立場から、このオペラの細部を楽しむことができた。

セビリアに行ったのはもう半世紀以上前の夏で、あのあたりは、サハラ砂漠の影響を受けて、フライパンの中のように暑い土地だった。その頃私はひどい不眠症をわずらっていたが、そういう惰弱な人間には、この手の厳しい自然は、天然の薬の役を果たしてくれるらしい。このスペイン旅行のおかげで、私は不眠症の最低の状況から一歩脱して、自然体で人生を生きる身構えを覚えたような気がする。

新国立劇場の舞台はほんとうにおもしろかった。普通ヨーロッパで上演されるときは、特殊なイタリア語であらわされる「淫売宿」の看板が掲げられることもあるとイタリアから来た友人は言うが、今回の舞台では、「両替屋」というスペイン語になっていた。日本人は、お芝居の世界でも、堕落を許さないのだろうか。

しかし舞台には、カトリックの聖職者や、神学生風の人物も町の人として登場する。両者共、人の魂を救う仕事の人である。しかしその人間性は地のままで不勉強だから、近隣の人が何か言うと、ただ惰性で、

「(あなたに) 喜びと平和を!」

と繰り返すだけで、何ら真の魂の救済はやらない。すると町の男の一人が、

「平和はもう、うんざりだ!」

と言い返す。現在の社会にだってありそうな会話で、これがほんとうの大人の芝居だ。カトリックをよく知っていると、この皮肉の逆説の部分によく笑える。

ちなみにこの作品の初演は一八一六年のことで、ロッシーニという人は、すでに発表した曲を再び部分的に使ったり(つまり一種の使い廻しをすることも平気だったりして)大いに不真面目なところもあったらしいのだが、どんな悪評があろうとこの序曲はやはり名作だ。まじめばかりが人生で豊かなものをもたらすわけではな

いことは、介護においても同じだ。

散々笑って、オペラ見物を終え、寒風の中でタクシーの列に並んでいたらまた足が痛んだが、それが人生というものだろう。遊ぶということは人間を寛大にもすれば、耐える力も与える。

その上、その二日後には、劇団四季のミュージカル『ノートルダムの鐘』も見に行った。四季の俳優さんたちは、ほんとうに達者なのだが、この作品は脚本が悪い。愛は大切だ、というような正論ばかりで、毒の味も塩味もないので、私のようなすれっからしは見るに堪(た)えない。数日前に『セビリアの理髪師』を見たのも不運だった。あちらは大人の世界、毒も危険も存分に含まれている。しかしこちらはおきれいごとの高校の演劇部の芝居みたいになっている。大人の脚本を用意してあげたいものだ、と余計なことを考える。

出歩かなくても、私は再びうちで音楽を聞く楽しみに戻った。私は音楽を聞きながら、文章を書ける。これは私としては、得難い才能だったのかもしれない。それとも現世から脱出する一種の浮気か、麻薬中毒的方法なのかもしれない。そのわりには、私は音楽の世界を知らないままだ。

日本財団に勤めていたころ、「役得」でザルツブルグの春の音楽祭に出席し、すべてのプログラムを聴かせてもらったことがあるが、その当時ベルリンフィルを指揮していたサイモン・ラトル氏が、足許だけは運動靴でステージに上がって来たり、カラヤン未亡人が、真っ黒な木綿のTシャツに、豪華なダイヤやエメラルドの、子供の掌ほどもある大きなブローチをつけて、ランチに現れたことなど、音楽と関係ないことを、けっこう記憶している。

どの光景も人生の断片を見たようでおもしろかったけれど、私はあの世界にも執着はなかった。私は掌から水が零れるように、受けた運命をいつも取りこぼすことにして来た。感謝はしたが、私にはいつも現在が一番感動的だったのだ。
ひさしぶりに、家で古い古いCDで、カラヤンのシベリウスを聞いた。『フィンランディア』と『トゥオネラの白鳥』である。私はシベリウスを聞くと、「人生を納得する」。『フィンランディア』には、中に人間の肉声にも似た声で、答えが用意されている部分がある。

今一番気にかかることは、朱門がほんの僅(わず)かしか食べない、ということなのだが、私たちは申し合わせで、点滴などの処置を受けないことになっている。時々呼び水のように注射を受けると、食欲が戻ることもあって、それまで拒否しているのではないが、食べないということは、もう生命を拒否していることだから、その場合はそれを受け入れなければいけないと思っている。それでも私は毎日、何を作ったら朱門が食べるだろうか、ということばかり考えてけっこう疲れている。

「食べたくない」と言われて

夫が倒れるはるか前から、私たちは自分たちの晩年について簡単なルールを決めていた。もちろんできる限りの健康は図る。しかし経口的に食物をとれなくなった場合にも、輸液や胃瘻などという形で生き延びるのは、どう考えても願わしくない、ということであった。私たち人間は、寿命だけは、神でも仏でもいい、人間をはるか遥か離れた偉大な存在に決めてもらうのがいい、と考えていたのである。それが人間の分際というものであった。

癌の積極的治療も、もう大抵の場合行わない、ということも決定事項だった。だから私は六十歳から、個人的な健康診断も受けていないし、区がやってくれる肺癌や大腸癌の検診も受けていない。

「その人の存在が、社会の癌そのものみたいな人は癌にならないのよ」

と嫌味まじりに私の健康を保証してくれる人もいたし、

「作家はよく癌になるけど、銀座のホステスさんで癌になった人って聞かないでしょ。癌って病気もおもしろくて、中間宿主(ちゅうかんやどぬし)には発症しないんだね。曽野さんはホステスっていうほど優しくないけど、どっちかって言うと中間宿主的だからね」

というでたらめな理論で励ましてくれる人もいた。私たちはそういうはちゃめちゃな世界に生きていること自体が健康にいいのだ、と感じていた。とにかく私はよほどの苦痛がない限り、医療機関に近寄らないことが健康な生き方だと決めていたのである。だから私が五十歳以後お世話になった医療機関は、白内障の眼科手術と、両足の骨折の時の二回の整形外科手術と、始終(しじゅう)喉が痛くなる時に薬を塗ってもらう耳鼻咽喉科の処置と、歯が少し痛い時にかけつける歯科だけだった。私たちは自然に老い、生命の糸が燃え尽きる時に死ねばいいので、こんな簡単な話はないと思っていた。

そうは言いながら、私はやはり夫を生かしておくことに、かなり熱心だった。彼も私も、もういつ死んでも誰一人困る人はないのに、私は朱門が食べなくなっていることに深くこだわっていた。食事の時に何を出したら食べるだろうということで、私は神経をすりへらしていた。

彼は皆と食卓に着くのは好きらしく、食事時には必ず台所の狭いテーブルまではやって来る。初めは自分の足で、次に歩行補助器を使って、病床の生活を始めて一年くらい経った時からは、車椅子(くるまいす)で出て来た。昔ボランティアをしたおかげで車椅子の扱いには馴れていたので、不器用な朱門にしては珍しく手慣れた扱いで、自分で車を漕(こ)いで来る。それだけだって、今は運動になるのだから、と私は放っておた。

私自身の体験でも、七十四歳で骨折した時、入院中の病院の別棟にあったリハビリルームまで行くのに、大抵の患者さんが、看護師さんに押してもらって行くのに、私は必ず一人で行った。同行者がいるという人生の歩き方はもちろん楽しいが、一人で出歩くということも、時にはまた爽快なものである。行動半径の狭くなった人間の生活では、これだけの運動でも腕の筋肉を使う貴重な機会である。

しかし食卓に着いても朱門は「要らない」「食べない」の連続であった。自分の前においてある皿や丼、小鉢の類(たぐい)を押し返す。

必ず飲むのは、朝のスープ、我が家で採った蜜柑(みかん)を絞ったジュースくらいなもので、昼には麺なら半人前近く食べる時もあったし、夜、鰻(うなぎ)を出すと喜ぶこともあった。

私は家族が作ったものを食べないというだけで、胸が痛んだ。時には腹立たしくなることもあった。

　私は朱門の残したものばかり食べるようになった。朱門だけの性格ではなく、ケチは私の性質でもあったのかもしれないが、私はそうして手もつけずに残される食物も哀れで捨てられなかった。今、シリアでは、砲撃にさらされた母たちが、ろくな食物も子供たちに与えられないでいるのに、作りたての食事を、そのまま捨てるなどということは考えられない。

　しかしほんとうのことをいうと、私は麵類が嫌いだから、残り物を食べるのは苦痛であった。ことにお汁に入った麵類は一番嫌いだった。人気店の前に、長い列を作ってラーメンを食べる人たちの心理を理解したこともなかった。

　私は一日中、朱門が少しでも食べそうなものを考えていた。朝起きると、朝食には何を出そうかと考えている。意外なものだと食べることがあった。鱒(ます)寿司を二切れとか、自家製の牛丼の具を、半膳くらいのご飯に載せたものもうまくいった。朝飯を食べながら昼と夜の食事を考えている。

　時々、私は朱門の食べ方を、全く気にしていないふりをした。昔は決してつけなかった食事中のテレビをつけ、私自身テレビに気を取られているふりをしながら、朱門の食べ方を見ていた。無視されていると、案外食べることもある。食後に飲むお茶の量も、朝からどれだけ飲んだか、トータルの量を私は記憶していた。思いのほか食が進むと、私は彼の耳の聞こえが悪いことをいいことに、家事を手伝ってくれるブラジル人のイウカさんに「見て見て、全部食べたわ！」と小声で言うのである。耳が遠いということは、こういう場合、まことに便利であった。

老衰との向き合い方

私が夫の食べるもののことばかり考えて疲れているのを見た或る知人が言った。

「そんなに無理しなくたっていいじゃないの。自然な成り行きに任すことにしたんなら、それでいいんじゃないの。自然に食べなくなれば、それも寿命でしょう」

その通りなのである。自然の成り行きに任せることはつまり老衰だが、それが一番自然で、当人にとっても楽な死に方だということは、最近の雑誌や週刊誌にもよく書いてある。そしてこの世に死なない人は、一人もいないのだ。それを知りつつ、そしてまた私たちは、その摂理に従うことを百パーセント承認しつつ、私はなお自然の経過に逆らっていたのである。

たとえ病人であっても、高齢者であっても、食べる食べないは当人の意志の問題である。普通、意志というものは、周囲もそれを尊重して、当人の選択に任せればいいものだ。しかし我が家の九十歳の夫となるともう自分ではできないことが多いから、そうもいかない。当人は原則「要らない」「食べない」と言うことに決めているらしく、食卓に座るや否や、眼の前のお皿を向こうへ押しやる。

そんな贅沢を言っていいの？　戦争の終わり頃、南方のジャングルを幽鬼のように痩せて彷徨っていた敗残兵たちは、あなたが拒否したお米のご飯だとか、柔らかいお豆腐だとか、しっかり出汁を取った味噌汁を一口でも口に出来る日を夢見ていたのではないの？　人間の想像力というものは、実に貧困で適切な時に働かない。

食欲がないということは、生の拒否の情熱に繋がっていて、それは多分、ネガティヴな意味ではあっても、一種の哲学的なものだろう。そして私は、学者でもない市井の凡庸な人間の哲学というものを、或る意味で高く評価しているのである。

朱門が食べないということは、そのままだと水一滴飲まないことになる。普通ならここで早速点滴を始めるのだろうが、そしてもしかすると輸液だか、胃瘻だかによって生き延びることになるのだろうが、私たちは健康な時に、そのようにして生きる道を選ばない、という決断だか申し合わせだかをしているのである。

私は医師でないからわからないのだが、胃瘻によって病人はかなり長く生き続けられるようである。私の伯父もその一人だった。伯母が医師だったから、彼女は彼女なりの、心をこめた「魔女のジュース」のような液体を調合し、脳内出血によって意識のない伯父の胃袋に送り込んでいた。驚いたことに伯父の白髪は、思いなしか少々黒くなったようにさえ見えたが、伯父がそれによって意識を取り戻すことはなかった。私たちは、弱々しくはあってもとにかく自分を保って暮らせることを、老後の目標にしていたから、経口的に食物を摂れなければ、それは自然に自滅の方向に向かうのだということを承認していた。

食物があるのに、食欲がない、という状態は、飢餓に苦しむ人々から見たら、天国の境地である。もっとも、本当に飢餓の状態が深刻になった子供たちもまた食欲を失う。私は飢餓の年のエチオピアで、救援物資のお粥(かゆ)を入れたボウルを膝の上に載せたまま、全く食べようともしない子供たちをたくさん見た。

あの子供たちも、もう生きることを拒否し始めていたのだろうか。親を亡くし、親類もいなくなった子供もたくさんいた。彼らは聖書の中に出て来る「心の貧しい者」であった。この「心の貧しい者」という悪訳は、聖書の原本に忠実なのかもしれないが、日本人が言う物質的で人情に欠けた人のことではない。

この言葉は、ヘブライ語の「アナウィム」という語から出たものだというが、それは虐(しいた)げられている者、苦しむ者、哀れな者、貧しい者、柔和(にゅうわ)な者、謙遜な者、弱い者、などの意である。つまりアナウィムたちは、国家、富、健康、身分などの誇りをすべてはぎ取られ、その恩恵を受けず、神だけしか頼るもののなくなった人たちを意味する。そのような人だけが天国を見るというのだ。これは凄まじい逆説だ。国家の庇護も、個人的な富も未来の展望も、当人に備わった健康も才能も、すべて「ない」人などという存在は、今の社会ではポリティカル・コレクトネスの観念にさえ反するから、使われなくなっている。しかし聖書は、そう言うのである。

　エチオピアの飢餓の子たちは、決して声をあげて泣かなかった。ただ食欲は失っていた。それだけが、彼らの、現世に対する痛烈な拒否の表現だった。生きるに値しない現世というものがある、と彼らは骸骨が見えるようになった無表情な顔で言っていたのだ。しかし私たち一家はそうではなかった。週刊誌から知る知識でしかないのだが、トランプ大統領の豪華な生活には程遠いにしても、穏やかで必要なものはほとんどすべて与えられた生涯を生きて来られた。その最後の頃に、人間の条件の基本的希求を自ら放棄しようとしている。

「奉仕」とは排泄物を世話すること

「死ぬときは一人で死ぬ」と胸を張って言う人がいたが、私はすべてのことは、思いがけない形でそれが達成されることを知っている。現実は決して一人では死ねない。

死ぬという一線を越えるまでには、恐らく長い経過がいる。人間、なかなか死ねるものでない、ということが、実はこの経過で最も長く続く関門であり、その途中に、一人で食べ物の用意ができなくなるとか、飲み水を取りにいけなくなるとか、体力を失ってトイレまで辿（たど）りつけなくなる、とかいう中途半端な苦痛が押し寄せるのである。

実は私は今回の夫の不調で、それらのことをカバーしてくれる福祉のシステムが昔と違っていかに「発達」したかを知って、驚き感謝している一人なのだが、それでも時を選ばず、所きらわず起きるそうした病人や高齢者の生理的欲求の世話をしてくれるのは家族しかないというのも、平凡な事実なのである。「訪問介護」という制度はあるが、それは「今すぐ」トイレに連れて行ってくれたり、汚れ物を洗ってくれたりすることではない。

それらを満たすのは、まさに奉仕、「ディアコニア」と呼ばれる行為なのである。もちろん世間には常に赤の他人への奉仕に人生を捧げている人はいる。

このディアコニアのほんとうの意味を聖書で習った時の、私の静かな衝撃は、しかし忘れがたいものだった。奉仕というと被災地の瓦礫の片づけに行ってあげることや、老人ホームの庭掃除をして花を植えたり、コーラスを聞かせてあげることと、などを挙げる人もいる。しかしこれらは部分的に奉仕とは縁のないものである。

それらはむしろ提供する人の自己満足のための場を探しているようなものだ、という人さえいる。「慰問にコーラスを聞かせよう」とか「ダンスを見せよう」などというのは、出演者の側の楽しみなのである。

奉仕を意味する「ディアコニア」というギリシャ語の原語を考えれば、もっと厳密な意味を持つ。「ディア」は英語で言うと「through」、つまり、「……を通して」という意味である。「コニア」は、「塵、あくた」である。「汚いものを通して」ということは、「人間の排泄物」を通して、ということだ。

奉仕とは、うんことおしっこの世話をすることなのだ。それ以外は、人に仕えることではない、と私の知人の神父は言った。

これは私にとって決定的なことだった。奉仕というのは他人に対する行為だが、家族に関して言えば、「看病」つまり看取りだ。その看取りの基本は、排泄物の世話なのである。

もちろん人は、愛する人のことなら何でもできる。別に愛していなくても仕事ならできる。そして家族なら、選択や思考なしに、できる場合が多い。少なくとも世話をしようとするのが普通だ。

別に血のつながらない人――友人――とでもその関係はできる、という人もいる。そういう例もあるだろう。しかし私は懐疑的だ。

家族なら、ことに夫婦や親子なら、運命も受け入れやすい。世話をするのが当然、と思える。それはもはや、自分と家族の誰かの、どちらがどれだけ受けた、という自覚が可能な問題ではないからだ。

少なくとも私は素朴だった。父は母と別れて再婚していたが、私は残された自分の母と夫の両親の老後をみるのは、自然のなりゆきだと思った。ほんとうのところ、特に嬉しかったり悲しかったりすることではない。ただ一緒に暮らすように決められている人たちだと感じていたのだ。

この関係は、よほどのことがない限り解消できないものだからである。しかし他人は（どんなに心の通った他人とでも）関係はその場で解消でき、ついでにこのディアコニアの義務もなくせる。だから現実的に、真の「ディアコニア」を継続できるのは、職業的看護師か介護士と、家族なのである。

私は朱門が療養生活に入っても、あまり労る、ということをしなかった。「普通の人として生きて下さい」と思ったのである。

コップを手に持つ力がほんとうになくなったから、他人が食べさせなければならない。しかしこぼしてもいいから、自分で持とうとして下さい。

セーターを着られなくなったら、誰かが着せます。しかし長い時間かかってもいいから、何とか自分で着るようにして下さい。

それは私も同じだから、であった。週に二日か三日、財団に勤めていた頃（それは六十四歳から七十三歳までの間だったが）、私の身じまい（ほんの少しのお化粧と髪をとかすだけ）の時間は、十分もかからなかった。それなのに今、私は体中が痛いので、服を着るだけに十分以上かかる。お化粧らしいものは普段はしないのだが、膠原病のドクターからは、日焼けだけはしないようにと言われているので、外へ出る時は安い日焼け止めを塗り、粉をはたく。たったそれだけのことなのに十五分もかかって、途中で横になりたくなる。こうした体力の衰えが、長丁場の夫の介護の間に次第に明らかになって来たのである。力もない、歩き方さえ不自由な介護人なんて、全く始末に悪い。

さし当たり私は、ロボット並みに、とは言わないが、せめてもう少し労働に役立つ介護人になる必要があった。それを妨げているのは、歩く度に激痛が走る左脚の筋だった。真直ぐ歩くのは何とかできる。しかし左折をする度に、ぎくっと全身に痛みが走る。左向きの仕事をする時は、厳かに体全体を足首から先だけでゆっくりと左回転しなければならなかった。

左足が、歩く時に瞬間的な痛みを覚えるようになったと言っても、私は普通なら大した不都合だと思わないはずだった。私たちの同年配は、医療機関に診てもらいに行くとすぐ、「お年ですからね」と言われ、つまり治しようがない、と宣告されると怒っている人もいたが、私はその言葉はかなり正確な、穏当な表現だと感じていた。第一に、それは事実を衝いている。第二に、それは諦めていいのだ、という保証になる。第三に、それだけでさし当たり痛み止めなど、不都合を誤魔化してくれる薬をくれるかもしれない。

私は社交ダンスのダンサーではなかったから、とりわけ左に曲がろうとすると痛みが激しくなるなどということは、別に大した日常生活の不便ではない。そもそも人間は誰もが生まれつき「傷もの」なのである。それを個性として生かして人間は生きるのだ。

作家の生活もまさにその一つだった。金の観念が全くないとか、酒癖が悪いとか、すぐ女に騙される、などということは、その人の妻や堅気の世界では困ったことだろうが、作家の間では何ということもない。むしろその程度の変人でないと、「あいつはおもしろくない奴だ、あれで小説が書けるのかね」となるのである。そして現代は、昔と違って、出版社にまだ書いてもいない原稿の原稿料を前借りする作家や、奥さんに秘密の女と何とか手を切りたくなって「俺に代わって、この（手切れ）金を届けてくれ。な、頼む」と係の編集者に縁切り役を頼む作家も減ったのだろう。万事が道徳的になり、人道的になり、従ってつまらなくなったのだ。

温かい思い出と情けない現実

私はある時期、亡くなった詩人の田村隆一氏にふれて、そのはちゃめちゃぶりに深く惹(ひ)かれた。田村氏は第一に、アパッチ・インディアンの酋長かと思われる背の高い中高(なかだか)な顔だちの外見が素敵な美男であった。

私は一九六八年の早春、偶然アイオワの田舎で、ほんの二ヵ月ほどを、地元の大学が招聘(しょうへい)した田村氏と、毎日のように顔を合わせる生活をした。当時、夫の三浦朱門は、日本大学芸術学部で教えていたが、アイオワ大学文学部の創作指導法を調べて来いと言われて、レンギョウの花だけが咲き乱れるまだ寒い早春のアメリカの田舎で、短期間家族だけで暮らすことになった。

田村さんは、アイオワでも全く自分の生活を変えようとはしなかった。和服にだらしなく兵児帯をしめて、一日中ソファァで寝ている時もあったし、私を捕まえて「曽野さんよう、トンカツを食わしてくれよ」と言う時もあった。田村さんは終戦の時、海軍少尉で、夫よりも年上だったが、一種の甘えん坊だと私は見抜いていたから、すぐには引き受けなかった。

「トンカツなら、駅前の『レッド・ラム』(レストランの名前)で食べられます」

私は愛想の悪い返事をする。

「違うんだよう。あれは、カットレットなの。トンカツはもっと衣のパン粉がパリパリした奴」

仕方なく私は日本風のトンカツを作った。食パンを買って来て、暖房の中に放り出しておくと、数時間でかりかりに乾く。それを下ろし金で下ろしてパン粉造りから始める。

田村さんは、当時でも既に二十九冊もの英語の翻訳があるというほど英語はできたはずなのに、なぜか大学町の生活の中では、英語を話さなかった。夫を通訳に使うのである。自分は日本語で言っておいて、「ミスター三浦、通訳、通訳」と命令する。

パーティーで誰かが、田村さんの腕時計を褒めると、彼は誇らしげに言った。

「この時計は妻の夫が僕にくれたものです」

夫はわざと通訳の立場を重んじて、言われたとおりの一種の逐語訳をする。すると相手は完全に混乱に陥る。中には混乱のついでに、「田村は回教徒か？」とこっそり尋ねた人までいた、と三浦朱門は笑っていた。イスラムは一夫多妻である。

ことの真相はこうなのだ。その時の田村さんは、四人目の夫人と暮らしていた。アイオワに発つ時、生活の才覚皆無に近い田村さんは、自宅に腕時計を忘れて来た。飛行場には田村さんの別れた妻の一人と、彼女の現在の夫も見送りに来ていた。

「しまった、腕時計を忘れた」

という田村さんの言葉に、別れた夫人の現在の夫が言った。

「田村さん、外国で時計がなかったらお困りでしょう。僕のをして行ってください」

だから田村さんの言うことには少しの間違いもない。こんな自由で温かい人間関係は、文学の世界には、ざらとは言えないまでも、全く自然なことなのである。私もこの手の自由に魅せられた一人だ。


だから私は、介護人としての欠陥を笑い物にすることにした。

「真直ぐ歩くのはできるから、新潟までは行けるのよ。右ターンはできるから、銚子も行けるんだ。でも左旋回ができないから下関までは着けないのよ」

レントゲンで私の左足の痛みは脊椎に潰れたところがあるせいだとわかった。当然すぎるくらい当然の磨耗である。私は今年で約六十三年書いている。酒飲みには

「立ち飲み」という姿勢があるが、書くという作業に「立ち書き」はない。背骨が少しくらい潰れても当然だろう。私は甘いものも食べず、骨粗鬆症ではないはずであった。それでも芸者のお三味線の撥だこ程度の「後遺症」がある、と言われて嫌がる筋合いはない。ただ屈めず、ものを持ち上げる力を欠き、私は自分から自分を介護人の職から、クビにしたいくらいだった。

第二部
看取りと見送りの日々

夫の最期の九日間

　これから迎える高齢者社会にあって、「夫を」だけでなく、「家族を」看取ることこそ大きなテーマだと思っていたから、私は初め本の題を「自宅で、夫を介護する」としたかったのだが、介護が始まってたった一年一ヵ月で、その状態は終わりを告げた。世の中のすべてのことは、そのように予測のできないものだという平凡で深い真理を、改めて確認するいい機会だということもできるし、三浦朱門という人は、口も態度もそっけなかったが、無言のうちにはたの人を思いやることのできる性格だったから、介護人としての私の体力がそろそろ限界に来ていると察して、自分からこの世を辞去する方向に歩み出したのかもしれない。

だから途中で、私はこの本の題を変えることにした。

介護人としての私が、かなり急激に「役立たず」になったのは、去年十月末の或る寒い日を境に、私の左脚に痛みが出て、脊柱管狭窄症だと言われたからである。朱門の上体を起こそうとしても、私の腕には力が入らなくなり、左脚が痛んでびっこを引くのは「不都合」なことだったが、私は人間が何十年も生きれば、それくらいの故障はどこかに出て当然と思っているので、大した問題とは感じていなかった。それどころか、私は糖尿でもなく、高血圧でもない。性格の悪いのは生まれつきだから仕方がないとしても、まあ始末のいい年寄りで、感謝してもし切れないくらいだった。

私は何でも「長続きする」ことこそ任務を続行する最大の才能だと思っていた。小説家になれる素質として、作家の宇野浩二氏は「運、鈍、根」が必要とおっしゃった。運も大きい。しかし何年でもその仕事に従事できる鈍感で根気のいい性質こそ、成功の秘訣(ひけつ)だと言われたのである。介護でもまた同じであろう。私は朱門の介護を、五年十年単位の長丁場になる、と見越していた。

しかし二〇一七年に入って、ほとんど固型物を口にしなくなってから約一ヵ月後の一月二十六日、朱門は血中酸素量が極端に下がったというので救急車で病院に搬送され、そこで約九日間、末期医療の看護を受けた。決して放置されたのでもなく、投げやりな死を迎えたわけでもなかった。朱門は現代の日本国民として充分な医療の恩恵を受け、意識のあるうちに息子夫婦にも、イギリスに留学中の孫夫婦にも会い、最後の夜は私が病室のソファで過ごし、華麗な朝陽の昇るのに合わせて旅立って行った。

ERから病室に移された時、まだ囁(ささや)くような声の会話ができたので私は、

「あなた、ここは病院なのよ。看護師さんたちも、まだおなじみでない方たちなの

よ。だから女房の悪口は、初めからしっかり言わないと浸透しないわよ」

と言った。夫はそれまでも、よく転び、その度に額や眼のまわりに青痣を作った。

「三浦さん、その痣どうしたんです?」

と訊かれる度に、夫は大喜びで答えていた。

「ええ、これは女房に殴られたんです」

女房がいかに悪い女で、自分は虐げられているかということがわかれば、同情され、ついでにもてるだろうという計算である。彼は若い時から仲間うちでは評判の不良青年であったから、その頃に覚えた手口である。

「女房に殴られたんです」という科白を聞くと、初めての人は顔をこわばらせ、しばらくするとゲラゲラ笑うようになる。しかし入院したばかりの病院は、まだこの手のワル口を受け入れるには処女地だ。だから頑張って喧伝しないと、おもしろい状況にならないわよ、と私は言ったのである。

　すると低酸素で普通なら生きていられないような病人が言った。

「あれはもう古びたから、新しいのにする」

　つまり、短くて明瞭で一言で強力なパンチの効く女房の悪口も、長年使って来たものはおもしろくない。近く新しいヴァージョンを考えて変える、ということだ。


　それから数日間ということは、死の一週間ほど前、まだ昏睡に落ちる前だが、彼は時々いつもの彼らしい片鱗を見せた。

　看護師さんのお世話になる時、私は、

「ありがとう、を申し上げないの？　ありが二十（にじゅう）は？」

　と言うことがあった。入院する前、朱門は近くの老人ホームにショートステイで「お泊まり」をする体験をした。そこで若い看護師さんに習って来た流行語ではないかと思うのだが、その時から「ありが十」ではなくもっと深い感謝を示す時に「ありが二十」という「若い子ちゃん風」の言葉を使うようになった。

私が促すと朱門は低い声だったが、穏やかな表情で「ありが四十」と言った。すさまじいインフレーションで、感謝の度合いは倍々ゲームで増えていたのだが、それも彼独自の数の感覚を盛り込んだ表現だった。彼はまわりのすべての人と、日本の社会にも感謝していたのである。

間質性肺炎という病気は、肺機能の変質で治らないものと言われている。血中酸素が足りないから時々意識の混濁がある。自宅をなぜか五反田にある、と言い張るので、私は何度目かに、「五反田の家には、何という女の人がいるの？」とふざけて尋ねた。「五反田の彼女」の名前を聞かれると、朱門は黙った。数秒間、けなげな沈黙が続いたあげく、

「あやこさん」

と彼は答えた。いい加減に別の名前——花子さんとか葉子さんとか——を答えておいて後でとっちめられたら大変だ、と彼は酸素不足の頭でもとっさに考えたのであろう。病人とも思えない滑稽(こっけい)な頭のめぐらし方だが、そうしたユーモアに根ざした反応は実に朱門らしい反応でもあった。

ベッドの傍らで私が考えていたこと

人間の最期に当たって不当に長く生命を保たせるような医療行為には反対だ、と言ってはいたが、私たち家族は、人間が計画的に自分の生命に終止符をうつことにも反対だった。私たちは、普段から家庭でよく喋る家族だったから、そういう点はお互いにすみずみまで好みがわかっていたような気がする。人間の計画で寿命を決めるということは、神か仏が関与する余地を拒否するからであった。

私は一度、ヨーロッパに住んでいる知人から、直接の体験ではないが、安楽死に至る手続きのようなものを、聞いたことがあった。それには、現在安楽死を許可している国の隣国の国境近くの町に、まず死を希望する病人を家族が運ぶ。そして国境を越えてすぐ近くの町にある安楽死病院（あらかじめその意志を伝えてある病院）に電話する。電話をしてしばらくすると、黒塗りのごく普通の病人輸送車のようなものが来て、病人を連れて行く。そして短時間で遺体が帰ってくる。

もちろん私の知人は当事者ではないから、その間にどのような手続きや書類が要るかは話してくれない。多分後で法的な問題が起きないように、何度も意志を確かめられ、主治医の診断書や、当事者の同意書などが整えられなければならないのだろうと思うが、私はこういう人為的死の話を聞いて、なぜかあまり幸せな気分になれなかった。

私たち夫婦は、信仰の深さは別として一応カトリック教徒なので、少なくとも、私は人間の行為のすべての瞬間において「神の介在」を感じさせる要素が要る、と感じているのである。若い頃、私の知人が数人修道女になった。一生結婚もせず、世俗の暮らしから離れて、修道院の中で暮らす、という誓いを立てるのである。そのような決心をする時には、必ず神がその場に立ち合っているだろう。

警察官が、人命救助のために自分の死を覚悟の上で線路に飛び込む時もそうだ。もしかすると結婚を決意する時にも、そのような現実の声ではない声が聞こえているのかもしれない。私が五十歳過ぎに、アフリカで会った多くのシスターたちも、今なぜ繁栄の日本を離れて、電気も始終停電し、お湯はともかく水も出ない暮らしを選んだ？　と日本で安住している私たちはいぶかしく思う。「二度とない生涯なのよ。もっと楽に暮らしたら？」と周囲の俗人は言うが、こうした人々は休暇が終わるとさっさとアフリカの僻地に帰って行く。神に呼ばれているから、他に帰る土地は選択にないのだ。

人の死ぬ時もそうであるべきだ、と私はどこかで思っていた。長生きさせなくてもいいよ、と朱門はかねがね言っていたが、彼はこじらせた肺炎で酸素が足りない状態になった。普通民間で使われている酸素吸入器では、一分あたり三リッターからせいぜいで五リッターしか補給できないという。しかし救急車で運ばれたような大病院では、十五リッターの酸素が供給される、と私は後で教えられた。するときめんに血中酸素の量はふえる。

それでもいつか最期は来るのだが、そのような医療を与えられた後に訪れる自然な死の後なら、なぜか誰もが穏やかな納得ができるような気がするのである。尽くすだけの手を尽くした後は、受験の失敗にも、芸術作品をコンペに出した後で落選することにも、一種の爽やかさが贈り物として与えられる。それに近い感覚である。

幸い病室には備えつけのソファがあったので、私は息子の妻に時々代わってもらいながら、病院で夜を過ごした。どんなところでも家族（と言っても私だけだが）が傍（そば）にいることを、朱門は家にいる時から好きなようだった。家では夕飯後の時間に、私が彼のベッドから三メートルほどしか離れていないソファの上で、書いたり、本を読んだり、おもしろい番組があればテレビを見て二時間から三時間を過ごす。耳が遠い朱門とは会話はないのだが、彼にとって私は一種の見馴れた家具のようなもので、そこにいれば（あれば）落ちついた気分になれたのだろう。

夜八時半になると、私はドクターから与えられている睡眠薬を渡しておやすみなさい、を言う。早く渡すと、時間まで待つのを忘れて早く飲んでしまうのである。その定番の夜の時間が過ぎれば、彼の一日は穏やかであるらしかった。

病院でも私は、意識の混濁のある彼の傍で、同じような平凡な夜を過ごそうとしていた。ソファで横になると、私は小さくても明るいＬＥＤの電気スタンドを持ち込んで本を読んだ。まだそんなに弱っていなかった頃、私たちはそうして夕食後を過ごしていたのだから、入院後も同じようでありたかった。私は人間の死は、ごく平凡な或る日に、それとなく自然に訪れることが望ましい、と考えていた。死ぬ方も送る方も、今日が最後の日などと意識しない方がいい。

もっとも私は病院のベッドの傍に取り付けられているモニターと呼ばれる機械の、基本的な部分だけは読めるようになっていた。朱門の最期の頃、家族も及ばないほど付きっ切りで面倒をみてくれた看護師の廣子（ひろこ）さんから習ったのである。

私がしていたことは、恐ろしく乾燥する病室内の空気を、自宅から持ち込んだ加湿器で潤すことだけだった。私は夜中に二リットル以上、加湿器に水を運び、時間帯によって細かく室温を調整した。

私は朱門が寝たまま（意識があればの話だが）ベッドの上から、月や、中原街道（なかはらかいどう）と呼ばれる幹線道路の自動車のヘッドライトが生き物のように流れる様子を見られるように、細かくカーテンを調節した。朱門も夕日や朝日や、町の雑踏を見るのが好きだった。生きている地球の営みの姿を眺めていられるということは、一種の贅沢なのだ。

戦いが終わった朝

ずっと昔、聖路加病院の故・日野原重明先生と対談をした帰りの車の中で、当時はまだ素人は知らなかった人間の臨終を楽にする方法を、私は教えて頂いた。やってはいけないことが、三つほどあったように私は記憶した。胃瘻、気管切開、多量の点滴による延命である。

胃瘻は終わりの見えない戦いを開始することになる。気管切開は、最後に家族と語る機能を失わせるので絶対にしてはいけない、と先生は教えてくださった。たとえ一言でも、話せるようにしておいてやれば、三浦朱門のように、最後まで中学生のいじめっ子のように女房のワルクチや危険思想を、いつものように人に言いふらせるからだろう。それが朱門の日常性そのものだったから、彼は病気をしていることにならなかったのだ。

二十四時間、点滴を続けているような過剰な輸液は、体の細胞を溺死体のようにする。痰は増えるし、苦しませるだけだ、と日野原先生はおっしゃったように思うが、昭和大学病院では、その点も、こちらが何も言わなくてもちゃんと節度ある、ということは、生きるに必要な最低量の輸液の量を守ってくださっているように見えた。

死の直前になると、取っても取っても沸き上がるように出てくる痰に苦しむということがなかったのである。夜中に一、二度喉がごろごろ鳴ることがあると、私は申しわけなく思いながらボタンを押して看護師さんの部屋を呼ばせてもらった。痰の吸引のためだが、それほど痰は多くなかった。その度に、点滴についている秘密のボックスのようなケースつきの箱のどこかのボタンを「ワン・プッシュ」してくれる。それでモルヒネがほんの少し入るのか、朱門はすぐに穏やかになるのである。

一月の末頃、病室に朱門の肺のレントゲン写真が届けられた。それは肺の形をした臓器の上を、白い寒冷紗（かんれいしゃ）ですっぽり覆ったような不思議なもので、すでに肺機能はほとんど失われていることがまざまざと見て取れた。患者の家族がこういう段階を踏んで、病人が最後の病気と闘っており、人間の定めとして一度は、完全な負け戦を体験するのだ、と予測できることは決して悪くない。それがなければ、人間はどれほどでも思い上がりをする。歴史中のいかなる偉大な権力者も、一度はこの生命の戦いに負けた。その時、その人は絶対の弱さを持つ人間になれたのである。

二月二日の夜も私は、病院に泊まった。家を出る時、お風呂に入ってからでかけようと思っていたのに、朱門がまた危険な状態になったという知らせがあったので、私はそのまま家を飛び出した。血圧が下がったのかどうか私は覚えていない。最高血圧は、夜中には時々四十八まで下がることがあった。しかし朱門に変化はなかった。その都度、自力で生きた、と私は感じている。その一見無駄なように見える戦いを、私は彼にさせるべきだと感じていた。そのような変化に耐えることが、真摯な人生の生き方そのものなのである。

その夜はしかし穏やかだった。私は朝四時半頃まで一息に眠った。まだ外は夜である。私はしばらくそのまま寝ていたが、六時すぎから音を消してＮＨＫのニュースを眺めた。

そうだ。昨日、お風呂にも入らずに家を出てきたんだ、と私は思った。いつお風呂に入ったのか、思い出そうとしてもよく思い出せなかった。このままこういう生活をしていると、そのうち不潔に強くなるだろう、などと私は滑稽なことを考えていた。

六時半を過ぎた頃から、病棟の廊下にわずかな物音がするようになり、朝日の気配も窓の外に見えた。病院はいつもの朝を迎えようとしている。七時を過ぎれば、病院の仕事も忙しくなるだろう。今のうちにシャワーだけ浴びよう、と私は決心した。

私自身も最近はものぐさになっている。単に年のせいで体力がなくなっているのか、シェーグレン症候群のだるさのせいか、私はお風呂に入ると、あと体が疲れて立ち上がりたくなかった。しかしそうそう入浴拒否もしていられない。それならば、今のうちだ。看護師さんが朝の仕事に病室に入って来ないうちだ。

私は立ち上がってモニターを眺めた。時々四十八にまで落ちていた血圧が、その時は六十三に上がっていた。安定しているんだな、と私は安心し、怠(なま)けたがっている自分を叱るような思いで浴室に入った。

シャワーを浴びるだけだったから、五分もかからなかった。私が出て来るとモニターに赤い警告灯がついていた。後でわかったことだが、私が気がつかなくても、警告は既に看護師さんたちのオフィスには届いていた。

朱門は息をしていなかった。眠りの続きに見えたが、顎の微(かす)かな動きは止まっていた。私は何をする気にもならず、ずっと傍(そば)で朱門の髪を撫でていた。

私は時計を見た。テレビの画面にも時間が出ていたので見ると、六時五十分だった。大きな窓の向こうに、東京の空の果てを引き締めるような雪の富士が見え、朝日がはっきりと昇ろうとしていた。

看護師さんが入って来て、「今、当直の医師を呼んでいます」と言った。しかし誰も慌ててはいなかった。やがて初めてお会いするドクターが来られ、瞳孔(どうこう)の反応などを見られ、死亡時刻を七時十二分だと言われた。

それからしばらくの間、私は何をしたか、記憶の欠落があるようだが、私は落ち着いていたつもりだった。戦いの終わりをこの清明な朝と決められたのは神であっ

た。その時、朱門の命は、深い納得と許可の下にしっかりと神の手に受け取られた

と私は感じることができた。

息子夫婦との相談

私たち夫婦は、息子が十八歳になった時、名古屋の私立のカトリック系の大学に送り出した。その大学は、経営者の神父たちが、正しい宣教のためにはその土地の人をあるがままに知ることが必要と考えて、文化人類学を学び、やがて日本に建てた大学にも、そのような学問的気風を持ち込んだ。息子はごく幼い時、北京原人を発見した人たちの中には、その大学を作った神父たちもいたということを本で読んだらしく、是非そこへ行きたいと思ったのだという。

私は「一人息子を手放すの?」と人に言われもしたが、むしろ子離れをしない母になることこそ息子の負担になるだろう、と思えたので、敢えてその道を意識的に選んだ。だから私たちは、もう四十数年間、息子と生活を共にしていなかった。
孫は高校卒業まで神戸の父母の元で暮らした。大学受験と同時に東京に来て、数年間だけ私たちの家の敷地に建っている別棟で暮らしたが、二〇一四年四月から、新婚早々の妻と共にロンドンの大学で学ぶようになった。孫夫婦は朱門が重体に陥る頃にロンドンから急遽帰って来て、病床で祖父の顔を眺めていた。

この世では、長く共に暮らす運命にはなかった二人であった。誰のせいでもない。都会の暮らしというものは、田舎で生活する家族と違って、往々にして同居だか共棲だかを許されない。私が農村型の生活に憧れるのも、心の底に、囲炉裏端で祖父と孫が暮らす生涯の断片を夢見ていたからかもしれない。

しかしこの孫が数年前ロンドンに発つ時、朱門は、

「ジイチャン（自分のこと）が、死にそうな病気になっても、帰って来なくていいからな」

と明るい調子で言っていたのだ。私の家族には、誰がどういう理由でそういう姿勢を伝えたというのでもないが、一つの希望を叶えるには、その陰で大きな犠牲を払わなければならない、という思い込みが常にあるような気がする。飛行機の路線も発達している今日、沖縄や九州からだって、祖父母が危篤になったら、孫は間に合うように帰って来れると考えるのかもしれない。しかし私たちはなぜかそういうふうには思わなかった。

選べるのは、常にあれかこれかのうちの一つだけだ。それさえ叶わない運命の人もいるのだから、一つだけでも叶えられたら、上出来というものだ、と思うのである。或いは古のユダヤ人のように、この世で一つを得たら、必ず犠牲（の動物）を捧げねばならない、と考えていたのかもしれない。

朱門が亡くなったその朝は、全くいつもと同じ穏やかなすばらしい冬の陽に包まれていた。

間もなく上京していた息子夫婦が現れ、秘書がつい先年義父のお葬式を出したばかりで、葬儀社の人の名刺を貰ってあったので、そこに連絡します、とも言ってくれた。私はもちろん朱門についてうちへ帰るつもりでいたが、気がついてみると、その日は病院の整形外科外来で、背中が痛むのを見てもらう予約ができていた。

「予定通りちゃんと診察を受けて帰りなさいよ。葬儀屋さんのことは、僕たちで決めておくから。もう親父さんのことは何も心配いらないんだよ」

と息子が言った。その通りだ、と私は思った。

私は九時過ぎに外来にでかけ、その途中で同級生が、今日同じドクターの診察を受けると言っていたことを思い出していた。私は十四年前に足首を、同級生はつい先年、やはり脚の手術を同じドクターから受けていたのである。

馬車の時代も、こんなふうに車体の足廻り（まわ）が故障したものなのだろうか、と私は奇妙なことを考えていた。私たちの年頃になると、内臓の病気よりも、足が悪くなる人の方が多い。そして私にとって、歩けなくなったり、手仕事ができなくなるということは実に困ることなのであった。私の心の中に、「働かない者は人間を生きていない」と思いたがる貧乏性（びんぼうしょう）のようなものがある。人を見る時にそう思うのではない。自分に関してそう思うのだ。

働くということは、決して小説を書くことではなかった。私は日常生活のこまごまとしたことができない自分を好きになれなかった。簡単な料理をしたり、茶碗を洗ったり、床を拭いたり、郵便の始末をしたり、最低限必要な相手に電話を掛けたり、そういうことのできない生活を自分がするようになることは、何ともみじめなことに思えた。だから私は少しだけ働ける人間にしておいてもらうために、どんなに病院嫌いでも行かなければならない、と心に決めていた。

その朝、私は疲れた顔をしていたとも思えない。私は少なくとも五時すぎまでは眠ったのだ。充分すぎるくらいだ。それに私はけっこうな数の日々を、朱門の傍(そば)についていて、無事に見送ることを目標に生きて来たのだから、今朝その任務を果したのである。

しかし一人の人間の生命が終わった今、それを隠しておくことでもないと思ったので、私は診察の順番が来た時に、「今朝、こちらで主人が穏やかに息を引き取らせて頂きました」とお礼を言った。するとそういう日常的ではない空気は不思議な振動で相手に伝わるのか、ドクターは、夫人が今ここへ入院していると言われた。それももう五年も、出たり入ったりしている、ということだった。

誰にとっても、人生は予期していなかったことだらけなのだ、と私は思った。九十一歳の老人が一挙に人生の幕を引けたなどというのは、始末のいい最期だが、若い世代の家庭が長引く病気の家族を支える姿を見るのは辛(つら)い。

葬式は誰にも知らせずに

私は昔から、大勢の行動に組み込まれることが嫌いだった。驕っていたとも言えるし、ただ単に一人の行動が好きということもあった。だから、ビルの火災訓練とか、船の退避訓練とかに参加することもさぼりがちだった。

しかし家族の死に関しては、事前にその覚悟をする、つまり意識的予行演習をするということは、かなり有効なことだ、といつも思っていた。私は夫の死を、彼が倒れた二〇一五年秋以降、時々考えていたのである。

当然の事だろう。男性の平均寿命は八十歳なのだから、彼は充分に人並みな人生を、それも穏やかに、いささか古風な言い方をすれば、「大した後顧の憂いもなく」

いやむしろ「成功した人生と思われて」過ごしたのだから、残された家族があわてることもないのである。

夫の死んだ朝、私が病院の整形外科外来の診察を受けて家に帰ると、息子が葬儀社の人と打ち合わせを済ませたところだった。

「僕の一存で決めたよ。前の通りで、それでいいだろ」

「もちろん」

と私は言った。

「前の通り」という言葉はいささか誤解を招くかもしれないが、我が家が葬式を出すのは、これで四度目なのである。私の家族は平凡というべきか、当節は珍しい家族形態だと言うべきか、どちらかわからないけれど、すでに夫の父母と私の実母と三人の葬式を、いつも自宅から出していた。三人共、晩年を私たちと同居し、病院を嫌い、望み通り自宅で亡くなったからである。

三人の親たちを見送った頃、朱門はまだ閑職ではあるが公職についていたし、出版社などに古くからの知人も多い。おまけにうちには作家が二人もいる。どちらかの担当の編集者であれば、作家の親や配偶者の死に、黙ってもいられないだろう。

しかし私たちは出版業の厳しさも知っていた。締め切り近くになると、どんな理由があっても、責任を持つ原稿だけは用意しなければならない。ほんとうのことを言うと、担当の作家の葬式に出ているどころの余裕はないのである。だから我が家の葬式は、いつも秘密葬式で誰にも知らせないことにしていた。自宅で家族だけでお別れをしたのである。幸い我が家にはそこにある家具を少し片付ければ、小人数の葬式は行える二十余畳の板の間の空間がある。息子が「前の通り」と言ったのはそのことで、三人の老世代は、そこでお通夜も葬式もしたのである。

私の母が一番若くて八十三歳、朱門の母が八十九歳、父が九十二歳で亡くなったのだから、明治生まれの世代としては、全員長寿を全うしたと言ってもよかった。私たちは自宅で、亡き人たちと直接血縁のある僅かな甥や姪、それから晩年に我が家で世話をしてくれた人たちだけで、見送ったのである。それが我が家の葬式の原型になっていて、その送り方が、私たちは好きだった。静かに世間を煩わせることなく、ほんとうに心の通じ合い、その最期を知っていてくれる人たちだけと過ごせたからである。だから多分、息子が決めた葬儀の形もそれと同じだった。

秘密葬式なのだから、玄関の外に葬儀が行われるという印も出さない。仰々しい祭壇も要らない。もともとキリスト教の葬儀というものは、お棺に覆い布を掛け、その前に十字架と蠟燭と故人の好きな花を置くくらいのものである。しかし運ばれて来たお棺は、単純で趣味のいいもので、私は息子に礼を言った。

「それしかないんだよ。仏教のお棺と違って、チョイスがあまりないんだ」

でも、朱門は少し身長があるので、お棺の長さだけは、わずかばかり特注だった、と息子は現実的なことを言った。
葬儀の中心は、仏教のお坊様にあたる司祭に立ててもらうミサである。偶然、朱門の死の数週間前に、私の知人の倉橋輝信(てるのぶ)神父さまが、任地のボリビアからお正月休みを取って日本に帰って来られた。いつもは私が、手料理で日本食を差し上げていたのだが、今年は看病で疲れていたので、私は釜飯を取って神父さまと昼食をご一緒し、「朱門に万が一のことがあったら、どうぞこの家で葬儀のミサを立ててくださいませ」とお頼みしてあった。その通りになったのである。

死の翌日、二月四日の夕方の葬儀に使われたのは、朱門が最後の一年余りを過ごした部屋であった。日当たりがよく、庭の小さな野菜畑や柿の木が見え、「僕がそこで晩年を過ごして死にたい好きなうち」と呼んでいた空間である。私の異母妹夫婦、朱門の従妹(いとこ)、唯一の旧制高知高等学校時代の同級生の土佐洋一氏も来てくださった。他の同級生はもう高齢で、出席できるのはこの土佐氏だけだった。

氏は私の一家をずっと助けてくださった方だった。もともと杜撰(ずさん)な性格の朱門の人生で、絶えず傍(かたわ)らで穴埋めをしてくださっていたと、朱門自身が言っていたのである。二〇〇六年に私が足首の骨折をした時、救急車は引き受け先がなくて門の前で立ち往生していた。その時朱門が土佐氏に電話して、ご子息の泰祥(やすよし)先生の勤務先である昭和大学に入院の許可をもらったので、やっと救急車は走り出したのである。私はそこで、折れた骨を何ヵ所も「継いで頂いて」また社会に復帰した。そしてそれをきっかけに、「昭和大学マダガスカル口唇口蓋裂(こうしんこうがいれつ)医療協力プロジェクト」も発足し、形成外科医の泰祥先生が、毎年このプロジェクトのキャップとして、砂塵にまみれた辺地医療の先頭に立ってくださるようになった。

つまり二十人あまりの出席者は、朱門の人生に深く関わりをもって下さった方たちだけだったのだ。

お棺を閉じる時の戸惑い

朱門の葬式の前後のことを考えると、私は自分が人と違いすぎていると戸惑い、恥ずかしいと感じることばかりである。

納棺をした後、葬儀屋さんに「入れておあげになりたいものをお入れください」と言われた時、私は最初に戸惑った。息子も一瞬、言葉が出ないようだった。その理由を、お互いに突き合わせてみていないので、同じことを考えていたかどうかわからないのだが、葬儀屋さんがそういう気の廻らない家族のために参考に言ってくれたのは、「眼鏡とか、万年筆とか、湯飲みとか、そういう愛用していらしたものがおありでしたら……」ということだった。しかし私にはそれを入れた瞬間に朱門が言いそうな言葉が聞こえてしまうのであった。

死んでまで、オレに万年筆持たせて原稿書かせる気か？

オレは、眼鏡なんか使っていないの知ってるだろ。薄暗がりでも裸眼で本読んでたの、知らないのか？

オレは、食事と食事の間にお茶なんか飲んだことない。ご飯の時に使っている湯飲みだって？　そんなものどんな模様か覚えてもいない。

私たちの反応が薄いので、葬儀屋さんはさらに助けを出してくれた。

「お好きなものでも……」

お菓子とかお酒とかタバコのことなのかな、と思ったが、酒を入れても朱門はそういう「お慰め」には乗ってこない人物だった。死んだらもう、酒も要らん、と言うに決まっている。

「好きなものは、新聞と雑誌と本でしたから」

と私は言訳するように言ってから「明日の朝、お棺を閉じる前に、朝刊を入れます」と続けた。これは完全に葬儀社の人に対する言訳だった。

朱門は、いつも普段着のセーターとズボン姿だった。亡くなっても同じ姿だった。セーターは、秘書たちから誕生日祝いに贈られたものである。普段から背広が嫌いで、テレビに背広姿で出て来る人がいると、「この寒い（暑い）のに、よく背広着てネクタイ締めて、働いているよ！」と呟くことは始終だった。テレビの画面に出て来る人は、丸の内の一流サラリーマンだろうと、中央官庁の人だろうと、閣僚だろうと、朱門にとっては同じだった。とにかく皆誠実で有能な働き者ばかりである。それに比べて自分は怠けていられることが、余程嬉しい人だったのである。そんな人に、背広を着せて送り出すようなことは誰も思いつかないのも自然だった。

お棺の中の朱門は、（誰もがよく言うことだが）非常に健康的な表情を取り戻していた。引き締まって若く見え、病んだ老人とは全く見えなかった。私はその一つの理由を、普段朱門はほとんど濡らすだけで、ろくろく顔を洗っていなかったのに、この時ばかりは、きれいに人に洗ってもらったので、何年ぶりかで垢のついていない顔になったのだろうと思った。

「遠藤周作は、終戦の日から顔を洗っていないそうだ」

と朱門は何度か言い、それを許してもらっている寛大な遠藤家を羨ましがっているようなところもあったが、阿川弘之氏、遠藤周作氏、そして三浦朱門の間で交わされた話というものは、すべてマユツバと思って私は聞き流すようになっていた。彼らは日常生活まで完全に創作の世界を生きている作家たちだったのである。

私はその夜遅く、短い手紙を一通書いて朱門のセーターの内側に入れ、出棺の直前、お棺を閉じる時に、約束通りあれほど毎朝待ちかねて楽しみに読んでいた朝刊を一部入れた。お棺の中にたくさんの「もの」を入れるのは焼却の能力を減らすよくないことだ、と教えられていたからである。するとたった一部の新聞は、彼の死亡を伝えた産経新聞だったので、彼の胸のあたりに自分の写真が出ていた。誰かがちょっとそれで笑った。決して侮蔑(ぶべつ)ではないが、こういうおかしなことになる死者の存在が、やはり滑稽(こっけい)だったのであろう。

朱門の告別式に当たるミサは、死去の翌日の二月四日の夕方だった。誰かが立春の日で、春がくるんですねえ、と言ったので、私は朱門も今日から春が来ると喜んでいるだろう、という気がした。

ボリビアから帰国中の倉橋神父さまが約束通り来てくださった。忙しい時間を割いて、吉村作治(さくじ)氏がたった一人、親族でも家族でもない参列者だった。朱門は吉村さんとその仲間たちに外国で合流すると、必ず御馳走すると言いながら、夕食までのドライブの間に、一流のレストランから段々格を下げてマクドナルドのハンバーガーまで落とすので、評判が悪かった。しかし吉村さんのようにエジプト発掘に自分の夢を賭け続けたような人には、深い信頼と尊敬を抱いていた。

神父の葬儀ミサは、実にユニークなものになった。

参列者の中には我が家の秘書のようにカトリックでない人もいたから、神父は人間の死は決して生命の消滅ではなく、永遠に向かっての新しい誕生日だということを説教の中で述べられた。信じられない人もいただろうが、それは一人一人の自由である。この思想は、ほんとうはカトリック教徒全員の中にあるもので、死の日は「ディエス・ナターリス（生まれた日）」というラテン語で呼ばれるのである。

それから半分南米人らしくギターもお上手な神父は、突然祭服の下から、ハモニカを取り出して「ハッピー・バースデー・トゥ・ユー」を吹いてくださったので、私たちは全員で合唱した。そしてミサが終わった時、「こんな明るいお葬式ってあるものなの!?」と言う人もいた。

夫の遺品を整理する

家族が亡くなると、皆が「お寂しいでしょう」と言ってくれる。文筆関係者の世界は何でもあけすけだから「未亡人になると、どんなに変わるか見たい」と言った人もいた。朱門の死後、いや意識を失った時から、私は朱門の声と共に生きていた。何かとまどうことにぶつかると、私には朱門が元気だったらどう言うか、という声が聞こえるのである。

朱門の入院中の一月三十一日に、私は五嶋龍（ごとうりゅう）さんのリサイタルを聴きに行っている。亡くなる三日前ということになるが、勿論（もちろん）誰にも「三日前」ということはわからない。私は朱門の闘病は長丁場になると思い、療養用のベッドを注文していたくらいだった。だからその夜の私の心配は、すやすや眠っている朱門が急に苦しみ出したら……ということだったが、そのような急変は家族がどうにかできることではない。病人の状態はモニターと呼ばれる機械に刻々映し出されて看護師さんのセンターに通報されるようになっているし、変化があったところで、私に何かできるわけではなかった。私のいない間、息子の妻が病院にいてくれることになって、私はでかけることにしたのである。

　私は、朱門の死後の六日目にも、オペラを見にでかけている。どちらの場合も、朱門の声が聞こえるからである。音楽会の場合は、

「知壽子（私の本名）が傍にいたって、僕が治るか」

であり、オペラの場合は、

「オペラに行かないと、僕が生き返るか？」

であった。

全く根拠なしに言っているのではない。三十四年前、私の実母が亡くなったのは夜半頃だったが、母は角膜の提供を申し出てあった。私が通報したので、午前二時頃だったと思うが、小型の冷蔵庫を持った人を乗せた自動車が母の眼を受け取りにやって来た。それらの静かな騒動が一切終わって、私はすすめられて一、二時間眠り、やがて朝を迎えた。その日の午前中に、私はあまり遠くない地方で講演を引き受けていた。すると朱門は、母の死のことは誰にも言わずに講演に行けと言う。

「自分のうちの事情で、世の中に迷惑をかけちゃいけない。普通に生きればいい」

と彼は言った。よく晴れた爽やかな冬の朝だった。私は駅のホームで青空の中に母の顔を見ながら、「お母さまは、今日からどこへでも行けるのね。一緒に行きましょうね」と呟いていた。母はもう数年、外出はできなかったし、最後は寝たきりに近かった。私は、母が死んだ後なら、私と一緒にどこへでもでかけられるような実感を持っていた。それは、人生の途中で全盲になった人が、死ねばいい視力を持ってあの世に入れると思うのとよく似ていた。私自身が一時、盲人に近い視力に落ちたので、死ぬと見えるようになる、という気持ちをよく理解することができた。

朱門の死後、私は彼の姿を見たと思ったことはないが、彼の声に近いものは始終聞いていた。私は彼の死後、驚くほど早く家の中を片付けた。朱門の服は山谷(さんや)のアルコール依存症の人たちの世話をしていらっしゃる団体にあげ、ついでに私の物もたくさん捨てた。家の中は今やがらがらになり、道場のように空間ができた。洗面所の罎(びん)やチューブ類も整理し、下駄箱も買おうと思えば新しい靴を三十足も買えるようになった。

そうした行為の背後には、朱門の声ではなく、朱門の希望のようなものがある、と私は勝手に決めたのである。ものを散らしておくと、私は朱門が「僕の女房は、こんなに整理のできない女だったのか」と嬉しそうに（ということは皮肉に）言いそうな気配を感じたのである。しかし現実の三浦朱門という人は、家の中が散らかっていようが、私が花をいけていようが、どちらも全く気にしない人だった。私は凡庸に花が好きで、庭に花を植え、小さな花壜（かびん）にいけた花に満足するのだが、朱門は「僕は食べられないものには興味はない」という性格だった。だから私が家を片付けたのは、全く朱門の趣味ではなく、彼の遺志を勝手に感じたからなのである。

私自身が死ぬまでに、本以外の私物を、できるだけ片付けなければならない、という思いが心の底にはある。本は朱門と息子と孫の専門にもいささかかかわるものが多いので、私は手が出せない。しかし私は、小心さの故（ゆえ）に用意がいい面もある。

私は自分が死んだ時に着せてもらう衣類一式を、もう十年くらい前にシンガポールで買った。マレー語を話す人たちの着る裾（すそ）の長い普段着である。以来出してみたこともないので、純白がもう黄ばんでいるかもしれないが、なあにどうせ着て外へ出るわけではないのだからどうでもいい。しかし私は、その服を楽しんで揃えたのだ。私は和服よりもマレー、インドネシアなどの女性たちの着る服がよく似合ったので、日本でも家では始終着ていたのである。

私らしさを失わずに、整理して、できれば端正にこの世を終わりたい、というのが私の希望だ。もっとも希望はほとんどと言っていいほど叶えられないことになっている。私は「もの書き」になりたい、という唯一の希望をすでに叶えられたので、それ以上の希望はあまり持たないようにしている。

今イラクでＩＳ（イスラム国）との局地戦にさらされている土地から逃げられない人たちは、明日まで安全に生きられることだけが唯一の希望だろう。できればその上、壊れていない家で眠ること、飲料水や食料が手に入ること、時々は洗濯ができることなどを希望しているかもしれない。日本人は全員が、イラクの難民たちの悲願を、すでに手にしている。私たちは、自分よりも恵まれない人の存在を絶えず意識し、謙虚に残された生を生きるべきなのである。

変わらないことが夫のためになる

朱門の死後、「あなたの生活変わった？」と数度聞かれたことがある。

「ううん、変わらない」

と私は友人に答えている。確かに家の中はたくさん物を捨てたおかげで、収納の場所には、「空気の容量」がうんとふえた。つまりガラガラなのである。こういう状態を、「家中隙間だらけになった」と言った時、私はそれを一種の自慢の種として言ったつもりなのだが、賢い友人は、「昔は、そういうふうになったことは、『貧乏になった』と思われたのよ」と訂正してくれた。

昔は、夫が死んだことによって生活の変わった妻の話ばかりだった。夫の死によって、それまでの生活の規模を保てなくなった妻の話も多いが、極端なことを言えば、中には夫を秘かに殺して得た保険金によって、急に豊かな生活ができるようになった妻もいたに違いない。いずれにせよ、配偶者の死によって、急に暮らし向きが貧乏になったり、豊かになったりするのは、どこかでそれ以前の生活に無理をしていたことだ。

私はそのどちらも不自然なことに思えた。私がそれまでと同じように生活していることを、朱門も望むだろうと信じていた。彼は入院中も、自分の家に帰りたがった。そこには見馴れた空間があったからだ。

それまで二階にあった寝室は、介護人にとって不便になるので、私は彼のベッドを階下に移したが、そこからの眺めが彼にとって見馴れたうちになったのだ。そこにはさまざまな理由から、半世紀以上の間に我が家の壁を飾ることになった数枚の絵がかけてある。道楽者の従兄(いとこ)は女とかけ落ちした間、趣味の骨董を売り買いして食べていた。その時、安く手に入れた栄之(えいし)や歌麿(うたまろ)の版画のうちの数枚を、後年彼は話の合った私にくれた。

田舎の教会の塔の上に、豪雨を予感させる暗雲が低く垂れ込めている水彩画は、私がまだ二十代に、朱門と中米を縦断する長いドライブをした時に、絵の中に描かれた教会の前で、名もない土地の絵描きから買ったものだ。

朱門はそのような中途半端な才能の絵を買うのをいやがった。しかし私は買った。そんな田舎町を通りかかる外国人客は、一週間に一人もいるかいないかだろう。ここで私が彼の絵を買ってやらなかったら、彼は絵の具も買えないだろう、と思ったのである。私にすればアメリカ国境を出てから、メキシコ、ガテマラを縦断する間中、私たちはほとんど毎日のように激しい夕立に遭(あ)った。この絵に描かれているように、まず昼なお暗い重い雨雲が垂れ込め、やがて自分の車の中にいても、襟首(えりくび)

から雨が流れ込みそうに感じて首をすくめるほどの激しい驟雨が来る。

この絵は、その毎日の体験の記念だったから、私は買ったのであった。

絵にせよ民芸にせよ、ここには主に私の趣味で雑然と集まったものがおいてある。しかし年月が過ぎると、絵も置物も、そこに住む人間の皮膚か垢の一部のようになって誰も注意を払わない。

しかし朱門も又、その空間に安住したがったのであった。すばらしいのはこの部屋に南の陽がずっと射し込むことと、雑然とした庭の眺めだった。窓のすぐ下に、醜いブロックで作った一坪ほどのプール型の畑がある。そんなことをしたのは私に違いないのだが、初めは花を植えるつもりだったその「造成畑」には、いつも野菜が生えているようになった。朱門の死の頃にはそこに、日本葱と、ロメイン・レタスという名の、たけだけしいほど大きくなるサラダ菜が伸びていた。常識的に言えば、花を植えるべき場所に、この家では野菜を植えていたのである。

しかし朱門は、「食べられないものには興味がない」と言った手前、庭の眺めが菜園化することに文句をつけたことはなかった。どんなつまらない絵がかかっていようと、庭がいつの間にか畑になっていようと、それが我が家であった。

彼の死後、私が望んだのは、生活を変えないということだった。死んだ人があの世から現世を見ているとは思わないが、もし見ることがあったら、自分が見馴れていた頃と同じ生活がくりひろげられている方が安心するだろう。

人間はたかだか、百年しか生きない。いや十歳、三十歳、五十歳で人生を終わる人から見ると、百歳は充分に恵まれた長寿を生きたことになる。しかし百歳を生きた人も、初めから百年目を生きていたわけではない。その人は、年を重ねるごとに、今の生活を創り上げて行ったのだ。だから死の直前に見た自分の生活が、歴史に裏うちされて、最もその人にとって見馴れ、安定した光景だろう。

だから私は、夫の生前の生活をそのまま継続することに、少し固執した。「少し固執」という日本語には、不正確さがある。しかしこうした曖昧さが、実は私の本質だった。好みはあるが、何事でも強く言い張ると、力学的に周囲に迷惑をかける。だから、少し言ってみて、ダメなら引っ込める、というのが私のやり方だった。もっとも、私は常に神がいることだけは信じていたから、自分の内面を見通している神に、嘘をつくことだけはしたくなかった。神を裏切る時は、「只今(ただいま)から、あなたを裏切ります」と言った方がいい。

「変わりませんね」とか「お元気でお過ごしのようで安心しました」と朱門の死後言ってくれる人がいると、私は複雑な思いになった。私は夫がこの世から消えたことに、何一つ傷ついていないように見えたのだろうか。私は見栄っぱりを通すことに成功したのか。それとも、ただ他人より鈍感なのか。

しかし私はできるだけ変わらないことを、朱門のために自分で選んだのである。

広くなった家をどう使うか

朱門が家の経営に無頓着な人だったので、私は長年、自分ができるだけ、家の中のことをすべて管理するものだ、と思っていた。もっとも日本人のたいていの家庭はこのスタイルを取っている。

生活はいつも変化が基本である、と私は知っているつもりだった。変わらない家はない。息子や娘が大学へ行けば、一部屋はガランとする。孫が時々泊まり掛けで来るようになる家もある。嫁に行った娘は冷蔵庫の中のものを「収奪」に、始終やって来る。それで冷蔵庫の中のものが片づいて嬉しいという人もいれば、予定していた食材が取られてしまったと嘆いてみせる母もいる。

ヨーロッパから、男手の介護人を呼ぼうとしていた時、我が家では、その人のための一部屋を空けた。押し入れも空にし、日本人の家はこんなにもだらしがないか、とだけは言われないようにした。

しかし朱門が亡くなってしまうと、我が家の変化は明らかだった。その最たるものは、介護用のベッドだった。私は一年でも三年でも五年でも、朱門が家で老後を送るものと思っていたので、電動で介護用のベッドを買うことにした。それは皮肉にも、朱門が最後の入院をする日に届いた。それでも私はまだ、朱門が退院して来ればすぐ必要なものなのだから、「早目に届いてよかった」と思っていたのである。

朱門が亡くなると、梱包をほどいただけの新品のベッドは、主のいなくなった部屋の中央にあって、どうしようもなく場ふさぎであった。家の中はがらがらになるほど片づいた、と言いふらしている割には、このベッドの到来は、言いようもないほどぶざまなものになっている。私はしかしこのベッドを捨てる方法も、二階に上げて自分が使う手段も思いつかなかった。

昔私は、『未亡人』（リン・ケイン著・文藝春秋刊）という本を訳した事がある。内容はほとんど覚えていない。わずかに記憶しているのは、ほんの一部、英語の「ウィドウ」という言葉は、サンスクリットの「虚ろな」という言葉から出た語だということと、配偶者の死後一年だったか二年だったかは、大きく家の姿を変えてはいけない、というような忠告が書かれていたことだけである。本当は疲れを取るだけでいっぱいの夫の死後間もなくに、世間にはなぜか、家の部分的改築や、家具の買い換えなど、かなり大々的にお金も体力も要る変化を敢行する妻が多いという気がする。

変えてはいけない、という原則の記憶の前に、今は使う人もなくなった新品の療養ベッドが持ちこまれていることは、あまりにも皮肉な気がした。そもそも私は普段から、大型の家具を買うことには、恐怖に近い緊張を覚えるたちなので、記憶に残る範囲の近年の間には、何一つ新品の家具を調達していない。

しかし事情の変わらなかった現実はない。しかもその変化は必ず当事者の予期しないような方向に変わるのだ。

朱門のいた頃、私の介護の大きな妨げになっていた背中や脚の鈍痛は、介護から解放されても、あまりよくならなかった。しかし激痛ではないのだ。日によって痛む部分が変わるし、寝る前になると気になる程度の痛みなら、私は病気だとか故障だとか思わないことにしていた。私の場合、その原因になるかもしれないと思われる理由は二つあり、もともとからあるシェーグレン症候群のためか、それとも脊柱管狭窄症のためか、どちらにしても素性のわかった病変である。

私の残りの人生には、この程度のむしろ「喜劇的に人間的」と言っていいような故障だけが残り、書きたければ書き、怠けたければ怠けて生きればいい、ということになったのだ。

療養ベッドが一つ残されたおかげで、私はその部屋をどんな目的のために整えればいいかわからなくなった。昔なら、二十畳以上の洋室があったらダンスをしたものだという話が出て、その時代を知っている人たちで笑ったことがある。まだ「蓄音機」と呼ばれる機械を使っていた家が普通だった時代である。それでも、私の周囲には、ダンスの好きな人が多かった。フォックストロットから始めて、ワルツからタンゴまで、真剣に習う人もいた。その頃、今の朱門の部屋ほどの「洋室」があったら、人々は早速集まってダンスパーティーを開いただろう。チークダンスという素敵なダンスが許されるなら、フォックストロットなんて習わなくても、ただぴったりくっついて足踏みをしていればいいようなものだ、と私は当時思ったのである。それなのに六十年経つと、空間を占拠するのは、最新式のこの「療養ベッド」だ。

しかし間もなく、私の背中の痛みは、ブロック注射と言われる脊髄の周囲や、付近の筋肉に麻酔をする療法でしのげることがわかった。朱門の訪問診療をしてくださっていた小林徳行(のりゆき)先生が麻酔医で、私の背骨の治療もしてくださることになったのである。すると、このベッドが意外に役立つことになった。注射用に高さの調節できるベッドなど普通の家にあるわけはない。

「ことの成り行き」というのは、おもしろい言葉だ。成り行きを作るのは人間ではない。よくこういう場合、死んだ人が残された家族を心配して、都合のいいように計らって行ってくれた、などと言う人もいるが、私はそんなふうに思ったこともない。ただ新しい部屋には、新しい使い道があることに私は感動した。新しい革袋に盛るのは酒だけではない。

私はよく、「このうちにあるものを、私は全部有効に使っているのよ」と少し得意げに言うことがあったが、療養ベッドもまさに同じようになったのは思いもかけないことだった。

遺されたメモを読み返す

朱門がまだ、うちの中で、生きている人のように存在している、ということは別に不都合なことではなかった。前にも書いたように、私も、時には秘書も、生前の朱門が、「この問題を耳にすれば」何と言うだろうかがわかるようになっていたのである。

彼の表現はいつも独特だった。皮肉だかユーモアだかもどっさり。私はそれに馴れていて、多分秘書たちも、かなり聞き流せる訓練を積んでいたと思うが、彼の死後、私は三浦朱門の表現というものは、常識的な世間では通用しないほど変わっていた、ということを今さらながら知ったのである。しかし死者が変わり者でも、今さらどうしようもない。
長年の間に、秘書たちは、腹を立ててか、おかしすぎてか、朱門の言動をメモしていた。ぱっと言われたことが、あまりにもおかしかったので、聞き流せなくなっていたのだろう。秘書に言わせると、きちんとしたノートを決めて書くほどの大切なことでもないので、いつもその辺にある「要らない紙」に書きつけて、袋だか箱だかに溜めるようになったのだ、という。

それを見ると朱門が、自分と家族と、時には社会を笑い物にして、楽しく生きていたことがよくわかる。笑い物にする、という言葉は、実は複雑だ。差別的な使い方ではなく、相手をバカにしているのでもない。朱門にとって、誰が「オッチョコチョイ」をしでかしても、「トンチンカン」な返事をしても、意外と真実を突いていても、それこそがその人やその社会の個性であり、人生のおかしさと楽しさだったのである。

メモには次のようなものがある。

「今の電車の中は、豚も恥じらう姫ばかり。

眠り姫（文字通り居眠りして他人の肩によりかかる）

親指姫（携帯いじるばかり）

お化け姫（ファンデからマスカラまで、一連のお化粧をする）」

「（病院では）少々が十五分。しばらくが三十分だな」

「学のないブンヤ（新聞記者）に限って、学力低下を嘆く記事を書き（取材）にくる」

「（秘書が値段を言うと）その値段は親子丼何杯分？」

「花に顔を寄せて、香りを嗅ぐなんていうのは、ワイセツ極まりない。花は植物の生殖器である」

「曽野『どうしてテレビに出てくる大阪のよどがわ警察署は、ひらがなで書いてあるのかしら』
三浦『大阪のやつは漢字読めないんだよ。もっとも漢字で書くと《よろがわ警察》と発音するからな』」
実は朱門は大阪に親友がいて、その独特の表現を、理屈っぽい生硬な東京の表現よりはるかにイキだと言っていた。
「曽野『今日は、二階に上がったのに、何を取りに行ったかわからなくなったことが、二度もあったのよ』
三浦『頭が悪くなると、体がよくなる』」
階段を何回も上がり降りするから、身体にいいと思って喜べということなのだ。
共通の知り合いの編集者のMKさんが、前の夫人を亡くした後、二度目の結婚をした。三浦朱門はすぐ私に「MKはバカだなあ。一難去ってまた一難じゃないか」とことづてをさせた。するとMKさんからすぐにファックスで返事が来た。

「連れ合いが申しております。一男去ってまた一男」

朱門はこういうやりとりが大変好きだった。

知人が競馬好きで、「ハルウララ」という百戦百敗の馬について散々喋って帰った。すると朱門は、「あそこのうちの美人の娘が、宝塚を受験しそうだったら、言ってやろう。芸名は『春うらら』がいいって」。

或る日、電話のベルが鳴ると、朱門がすぐに受話器を取り上げ、一言も言わずに切った。

「秘書『どうしてお切りになったんですか？　変な人だったんですか？』

三浦『《お忙しいところを恐縮ですが》と言ったから、すぐ切った』

曽野『今日はそんなに忙しくなかったでしょ』

三浦『頭の中は忙しいさ。考えることがいっぱいあるから』」

「曽野『今度のオーストラリア旅行では、コアラを撫でさせてもらえるんですって』

三浦『ホント!?　コアラを食べさせてもらえるの？』」

耳がおかしいふりをしているのか、ほんとうに耳が悪いのかわからない。

親戚の中で、目立って賑やかで存在感のある男性が七月十日頃に亡くなった。今年は新盆をするのかどうかと私が聞き合わせて、

「今年は、まだあの世に行ったばかりだから、しないんですって」

と伝えると、

「呼ばない方がいい。呼ばない方がいい。あの人やかましいから」

と本気で言った。

私が贈り物のケニア産の蜂蜜を食べながら、

「この蜂蜜はケニア産でおいしいわよ」

と言うと、「かわいそうだなあ」と言った。「誰が？」と聞くと「ケニアの蜂がさ」

と言う。「昔は白人が黒人を働かせて搾取したけど、今はケニアの人が、蜂を働かせて蜂蜜を搾取してるのさ」

朱門の姉が入院している時、我が家では、うちで作ったおかずを運ぶのに、ヨーグルトの空箱を利用していた。食べた後、病院でそのまま捨てればいいから便利だったのである。

朱門は台所でヨーグルトの箱を捨てそうにして私に「あ、それを捨てちゃだめ。病院に行く時使うのよ」と叱られると、バナナを食べた後で、私に聞いた。「この皮、捨てていいのかな」

これはよくできた嫌がらせであった。

心の平衡を保つために

朱門の死の前と後で、私は同じように暮らすことを目標にしようと思った、との原稿にも書いたような気がするが、彼の療養期間を入れると約一年数ヵ月、私はほとんど家の中に閉じこもっていた。

生活を元に戻すと、人に会うという機会も増えて来たが、現実に復帰してみると、私には人に言えないような不都合な点が残っていた。簞笥（たんす）の中はそのままなのに、外出着に何を着ていたのか、すぐに考えられない。ストッキングをはくのも面倒になっている。目的地のビルに入ると、掲示板で会場を見確かめるとか、エレベーターのボタンを押すとか、そういう雑事をこなす反応が遅くなっていた。

第一、道を歩くこと自体が下手になっている。歩道のわずかなカーブを足がうまく捉え切れない。社会的動物としての人間は、やはり毎日訓練をするから、人間の創った仕組みについて行けるのである。

しかし下らないことで衰えなかったこともある。私は自分の内心の反応の部分まで変質したのではないかと少し恐れていたのである。反応といっても表向きの部分ではない。私は自分が会議中などに、発言はしなくても心の中をよぎって行く「妄想」の波のような部分が、失われているのではないか、と恐れたのである。失われたからと言って大した問題ではないが、私らしさが少し失われるからである。

オリンピックに関する話題が今、あちこちの会議で出るのだが、一人の委員がオリンピックは、その元の精神に立ち帰らねばならないと言った。つまりオリンピックの開催される前後、時代によっては数ヵ月の休戦の期間も決められていたのである。それで選手たちが数百キロの道をオリンピアの会場まで辿りつける。
スポーツの祭典は確かに平和でなければ開催できない。おもしろいことに、殺人をテーマにした推理小説は戦場の塹壕の中では読まれない。現実で充分だからである。同じように相手を打ち負かすことを目的にしたスポーツも、平和な時代にしか行われないのである。戦争の予想があると真っ先に中止になるのがオリンピックだ。

昔のオリンピックの原点に帰れという話が出た時、私は心の中に私らしい逸脱の部分が残っていることに気がついた。オリンピック精神の原点に立ち戻れ、というのなら、発言者は、オリンピックは元々のスタイル通り全裸でやり、女性を会場には入れないことにするのかな、と思ったのである。すると新たな性差別、階級差別が生まれるわけだけれど……しかし当然、良識ある発言者はその点には触れなかった。つまりオリンピックは原点に戻るというより、原点の精神のうち、今も尚生きている部分を、再び拾い上げることが必要なのであった。

　こういう反応は私の妄想の部分であって、もともと発言する気持ちはないのだが、とっさにここまで妄想が拡がる癖が私らしいのである。これが夫の死でなくなってしまったら、私は変質してしまったことになる。


　現実の生活の中で、私が、明らかに自分の内部でブレーキをかけていたことは、ほかにも少しある。私は、自分の心理が、小型の雪崩のように外界に影響を及ぼすことを恐れていた。私は夜の時間などに、友達に電話をかけることを自分に禁じた。寂しいから掛けたいのでもないが、実は朱門の死以来、私はあまりにも時間ができたので、びっくりしていたのである。

　それまでの私は忙しくて、常に「片手間」に朱門の世話をしていると思っていた。世間の奥さんのように、ご主人の世話一筋にはやれない。締め切りがあれば、そちらが優先する。しかし病人の世話をみなくてもよくなると、私の時間は信じられないほど増えた。原稿はいくらでも書けた。

つまり理由は別として、私は「暇になった」のである。そうなると、夜、友達に電話する、ということを思いつくかもしれない。

しかし……と私は考えた。友人も、私が寂しいだろう、と思って相手をしてくれるだろうが、その手の甘えた時間のつぶし方は、何となくだらしなく思える。

私は夜の時間の読書を回復した。あまり計画的とは言えなかったが、手あたり次第に読んだ。週刊誌から神学の雑誌まで、読むものがあるということは幸せだった。雑誌は、あらゆることが書いてあるから雑誌なのだし、神学はその対極にある。まさに精神の平衡を保つのにはちょうどいいように思えたのである。

もう一つ、朱門の死後、私が自分に禁じたのは、お酒を飲む事であった。

私は普段からお酒をほとんど飲まない。しかしおいしい和食を出されると、以前から日本酒を少し欲しくなることはあった。

一人になれば、夕方お酒を飲みだす時間も自由になる。しかし私の知り合いで、配偶者を失ってから、アル中とまではいかないが、かなりの飲酒癖のついた女性が何人かいた。夕方、台所に立ちながら、ついお酒に手を出したのがきっかけらしい。そのままいつまで飲み続けても、別に誰も何とも言わないから、つい数時間飲むことになる。

私は自分に意志の弱い部分があるのも知っていたから、さしあたりお酒を飲むことは止めることにした。二、三年経って、それでも飲みたいと思うようになっていたら、飲めばいい。私の年になったら、飲酒が原因でいつ死んでもいいのだが、その前に脳の血管障害になることを私は恐れていた。人迷惑になることだけは、止めるのが、せめてもの老人の義務であった。

納骨の時に聞こえた声

朱門の死後、他人は私に何度か「さぞかし大変でしょう」という意味のことを言った。

「何がですか？」

と思わず聞き返したのは、私には何も大変なことがなかったからである。初七日（しょなのか）から七七日（なななのか）の四十九日までの週の同じ日に法要をする、という仏教の習慣を我が家でもやると思ってくれていたのかもしれない。しかし我が家はカトリックだし、私は朱門の魂がその辺に迷いながら、漂っているとは思えなかった。

この間、或（あ）る雑誌を見ていたら、すばらしい居間だか応接間だかの棚の一部に、お骨を置いておられる家があった。どなたが亡くなったのかはわからない。亡き人が「当分の間、お骨は自分のうちに置いてくれ」と言い残されたという例も聞いているので、そのようなご遺言があったのかな、と思ったが、私は朱門のお骨を常識的な日時が過ぎた後、お墓に納めることにした。これも朱門が生きていたらどう言うか、と考えてのことである。

死者が自分のお骨の扱いについて注文をつけるわけはないのだが、この場合も、朱門が言いそうなことが私にはわかるような気がしたのである。それは「一人一人の人間は、その時の自分の立場で、自分がいるべき場所にいる方がいい」ということであった。我が家にはすでに、三浦半島の海の家からほど遠くない墓地にお墓ができていたので、そこに埋葬すればいいだけなのであった。

私が自分の都合で決めた埋葬の日には、息子夫婦も来られるということだったが、後から数えてみると四十九日を一週間ほど過ぎていたことになる。

それまで私は、亡くなるまで彼が過ごした部屋にお骨を置き、朝晩挨拶をした。と言っても「おはよう」と「おやすみ」だけである。「おやすみ」の時は、お骨の箱を三度軽く叩くことにした。

或る日、私は急いでこの「肩叩き」をやり、誰かに引き戻されたような気がした。写真の方を向いて「なあに?」と訊くと「二回しか叩かなかった」と朱門が言った。私はばかばかしくなったが、一、二歩戻って、今度は正確にお骨箱を三度叩くと写真の朱門は黙った。

しかし世間の言う「大変だったでしょう」というのは、遺産相続のことらしい。私の家の場合、いささかの財産らしいものの名義は、朱門の生前から、それぞれの名義になっていた。それは厳正な日本の税務署のおかげで、私たちは夫婦といえども、当人が得た以上に、自分名義の財産を増やせないように、普段から制度ができていたからである。

だから朱門名義のものだけを、私と他の相続人が継げばいいだけで、そこには面倒な要素はなかった。生前から朱門は「何でも規則通り」というのが好きだった。税金にしても、もともと在るもの以上に取られることはないのだから、正直に申告して取られる通り、という朱門の解釈は、数字に弱い私にも、まことに理解しやすいものであった。


納骨の日には、前日の晩からお骨を持って三浦半島の家に移動した。葬儀のミサをあげてくださった倉橋神父さまが、前日の夜から泊まってくださり、翌朝朱門の従妹(いとこ)たちも現れた。家でミサをして頂いた後、私たちは車で二十分ほど離れた墓地へでかけた。

我が家のお墓には「××家」のような表示がない。小さな墓石だけで、ただ前面と後に、「神に感謝いたします」「私たちの罪をお許しください」という意味のラテン語が彫ってあるだけだ。

その墓はしかしすでに、私たちの未来の家であった。朱門と私は墓を作った時、そこに二人の縁続きになるすべての人を入れるつもりだったのである。すでに朱門の両親、私の母、朱門の姉とその夫の分骨も入っている。いずれも、それを望んだ人たちのものである。だから名字から言うと、三つの名前の人たちがいる。それらはすべて血続きの家族であった。こういうやり方は、日本の伝統的な家中心のお墓の作り方では許されないものなのだろう。生きている時、私は朱門の両親と、私の実の母と暮らしたので、死後も同じような家族でいたかったから、そうしたのであった。

石屋さんがお墓の前面の石を退けて待っていてくれたので、私は改めて中を覗き込んだ。内部には六人分のお骨箱を収められると聞いていたが、その通りだった。私はこの次に自分がおかれるはずの空間を見ていた。

「七人目が亡くなったらどうするんですか？」

と私は聞いたことがある。すると「お墓の底は土のままになっているので、一番古い死者のお骨からそこへ空けて、大地に戻すのです」という返事だった。いい制度である。

息子が明るい声で、神父と雑談していた。

「神父さん、この斜面なんか何百年か経ったら、きっと崖崩れで平地になってますよ」

「夫が先」でよかった

一人の家族を失った後の欠落感が、どこから来るかは、人それぞれによって違うだろう。

私の知人に、奥さんを真綿でくるんだように大切にしている人がいて、夫人はJRに乗る時、切符の買い方もよくわからなかった。まず行き先までの運賃を確かめ、切符の販売機にお金を入れることをしたことがないというのである。

私はちょっと羨ましい気がしたが、後で考えると、その人がもし夫に先立たれたら、大変なことになる。

女性だけでなく、家事のできない夫が妻に先立たれたら、これも大変である。私の年ではまだ、少し年下の男性でも、お茶一つ淹れた事がない、という人がいた。子供のない夫婦である。そんな男性が一人取り残されたら、冬の寒い日に自分でインスタント・ラーメン一つ作れない。惨めさと寂しさがいっそう募るだろう。そういう人で、妻の死後、間もなく亡くなった人もいる。自殺ではないが、後を追って死んだとしか思えないほどのタイミングであった。

自分の死後、残された夫や妻が、すぐに「来てくれればいい」というのは、浮世を持ち越した考え方だが、あまり効用性はない。一方、重荷になっていた配偶者がいなくなったので、生気を取り戻し、青春を再び生き直しているように見える「残された人」もいる。これが「ハッピイ・ウィドウ（男でも同じ表現でいいらしい）」である。

考えてみれば、同居して長い間、重荷のようになっていた配偶者なら、死後その重荷が取り除かれて幸福になる。しかし同居していた時、十分に楽しかった夫婦なら、一人になれば寂しさだけだろう。それも考えてみれば、平等な運命の与えられ方だ。幸福を先に取るか、後に取るか、の違いなのかもしれない。

もっとも、そんなことを言っている間にも容赦なく時間は経ち、老化は誰の身も襲う。介護を始めた時はよかったのだが、介護者が次第に体力がなくなって来て、どうにも続けられなくなった人も多い。

夫は、初めは毎日自分で駅前の本屋まで行き、本を買って帰るのを楽しみにしていた。私が時々、

「ちゃんとお金を払って来ました？　払い忘れると万引きしたことになるのよ」

などと言うと、すぐ本の値段を正確に言い、ズボンのポケットから受け取りまで出して来て見せた。

世間には配偶者がお金を払わずにものを持ってきてしまうことに、危惧を抱いて

いる人も多い。純粋にレジを通るという行動を取ることを忘れているのである。一応万引きに当たる行為だから、最初のうちは店の人も捕まえる。しかし度重(たびかさ)なると、顔や名前を覚え、その人の精神状態もわかるようになる。

自宅でその対応をする家庭も最近では多いのだそうだ。つまり「自分の家にはこういうタイプの認知症の高齢者がいるので、見つけたら陰でお勘定を取っておいて欲しい。そのために三万円とか、五万円とかを預けておきます。足りなくなったら電話をください」というやり方のようである。

今後この手のケアをしなければならない人はどんどん増えると思う。しかし当人がスーパーまで行き、自分の欲しいもの、配偶者の好きそうなものを買って来るという日常生活は大切だから、できるだけ続けさせることが必要だ。だからこれから電車の定期券のようなものを首にかけておけば、レジを通らなくても自動的に計算してくれるようなシステムができるといい（実はもう一部できているという説もあるが)。

私は夫が先に亡くなってよかったと思っている。彼は日本のいい時代に生き、いい時代に死んだ。彼はご飯も炊ける。味噌汁も作れる。しかし私と違って手抜き料理はできないから、後に残れば実にまずいご飯を食べることになっただろう。そうすれば次第に外食に頼るようになる。それが惨めとは言わないが、家庭の食事というものは、外食とは全く違う。家庭のご飯があってこそ、外食も楽しいと思える。旅先で三日間、お弁当ばかり食べていると、食欲がなくなる。

もっとも先日、お弁当屋の息子だという人の話を読んだ。彼にとっては、弁当が家庭料理だった。だからそれで不満を感じたことはない。もっともな話だ。

夫はいつも清潔なものを着ていた。お風呂も入りたい時に入れた。夜の睡眠を妨げられることもなかった。何だそんなこと、と言う人もいるだろうが、私に言わせれば、これは世界的レベルの幸福なのである。

現在のシリア人を考えてみるとわかる。土地によっては、いつ砲撃があるかもしれず、子供心にも、明日まで生きていられる保証はない、ということを知っているだろう。

水道や電気や、道路などのインフラは壊れたままの場所も多いだろう。物流も円満には動かず、物資の補給も偏って当然だ。パンはあっても油がないとか、バケツは買えても石鹸がないなどという生活を、私たちは皆体験したのだ。そういう暮らしが複雑な精神を生む土壌にはなったが、やはり今の世代に体験させたくはない。

日本には、町中でお金をねだる乞食がいない。外国の街では、よく見かける。愛犬を連れた乞食がいると、その犬を哀れんでお金をやる人もいると言う。道端にうずくまる乞食はいない社会の方がいいに決まっているが、そういう光景があると、人間には慈悲の心というものも、育つのである。

人が死者に花を供える理由

亡くなった夫は、私が畑で野菜を作ったり、鉢植えの花を育てたりするのに、全く興味を示さなかった。

「ボクは食べられないものに、興味はありません」と公然と言う。もう一人、私の身近に同じセリフを言う人がいて、私が地方で東京に比べたら安い、というだけの理由で、花の苗や鉢植えなど買いこむと、「全く食べられもしないものを、よく買いますね」という意味の嫌味を言う。

夫が最期の頃寝ていたベッドから四メートルほど離れた庭先には、小さな畑があり、そこに日本葱（ねぎ）が半畳分ほどの土地に生えていた。普通なら、そこは居間に近い地面なのだから、人目に触れるように花を植えるはずなのに、私は家に近い便利な地面には、必ず食べられるもの（パセリとか葱とか）を植えていた。植物に興味はない夫も葱に関しては黙っていたのも、蕎麦（そば）の薬味としての価値を考えていたのだろう。

この葱畑は皆の人目についたらしく、朱門の主治医の小林先生も、往診に来てくださる度（たび）に眼の前の畑の葱を見て、そろそろ食べた方がいいんじゃないか、というような「診断」までしてくださっていた。

病気になっても、人が亡くなっても、私たちは花を贈る。私は母が死んだ時、お棺の中に、その時庭に咲いていたパンジーの束を入れた。私はうちに咲いた花を捧げるのが一番心を贈れるように感じていた。

花を贈っても、何の感動もしない人も確かにいる。しかし私は違った。凡庸な趣味かもしれないが、普段から花を身近におくのが好きだった。
夫が亡くなると、胡蝶蘭の鉢を幾つか頂いたが、私はそれを朱門の部屋に飾った。その部屋は最初は亡骸があり、後にはお骨と写真だけがある部屋だったので、暖房が切ってあった。しかし部屋には日がよく差し込み、かなり暖かかったはずなのに、それらの蘭は私が毎日水の管理をした効果があったのか、丸四ヵ月保った。胡蝶蘭は四ヵ月咲き続けることを私は初めて知った。

朱門の死後、私は介護をする必要がなくなった。一見楽なようだが、私は手持ち無沙汰になったのだろう。そういう時に花の世話をすることが、かなり心の支えになった。私の場合はそうだったが、必ずしも、誰にでも当てはまる心理ではないらしい。

お葬式の時、こんなに花を持ち込まれて困ったという人もいるらしい。奥さんが亡くなったような場合、茫然自失しているご主人は、急に男手で家事のことも考えねばならなくなり、その上花の水やりまで考えることは負担になるだろう。だから、私たちは奥さんが亡くなったような家庭には、花を贈れない。

私は或る年、私が働いていた組織の創立者のご命日近くに墓参をする時、我が家に咲くはずの百合を持っていくことにした。大した手数ではない。ただ前年からその日のために計画的に百合の一種「カサブランカ」の大きな球根を植えておいたのである。

しかし墓地の花屋は、それを許さなかった。自分の店で買った花以外を墓地に持ち込むことはできない、というのである。

どこの家にも、墓地で亡き人に向かって、今年、うちではあなたの好きだった花がこんなに咲きました、という報告をしたい場合もあるだろう。それなのに、お金のために、こんな悪弊を作った墓地の管理者たちがいるということだ。

しかし私は、夫が亡くなってみてわかった。花は亡き人のためではなく、残されて生きている家族のためなのである。なぜなら、花は生きていて世話をする人が必要だからだ。

女性は基本的に他者の世話をしたい性なのだ、などと言われると、私は反対したくなる。私は人の面倒を見るなどということは、多分まっぴらなのだ。

しかしいざとなると、親でも子でも配偶者でも、そしてもしかすると、行きずりの未知の人でも、世話をするのは自分以外にない、と思い込むかもしれない。好き嫌いの問題ではない。それ以外に選択の余地がないという人間関係が生じることは、どうしてもあるだろう。

だから私はいい介護人にはなれないだろうが、最後まで誰かを捨てることはできないだろう、とも思う。

私の周囲には、そのようにとにかく人を捨てられなかった人がたくさんいる。異性を捨てられなかったのではない。見知らぬ人を捨てられなかった人である。

或るイタリア人の神父は、学僧になるつもりでローマで神学を学んでいた。しかし神学校の同級生のボリビア人の神父に頼まれ、彼の故郷を訪れた時から、運命が変わった。

彼はその貧しいボリビアの田舎町に移り住み、或る日町で一人の弱り果てているハイティーンの少年を拾った。少年は末期の結核で、もう立って歩けないほどの衰弱ぶりだった。イタリア人の神父は、彼を自分の宿舎に連れて帰り、自分のベッドに彼を寝かせ、自分は床の上に寝ていた。

貧しい少年はその後間もなく息を引き取ったが、祖国にこのイタリア人の神父を残した。イタリア人は思いもかけず生涯をボリビアに捧げる決意をし、その後、青少年のための教育事業に携わった。

誰でも命を育てることが基本的には好きなのだ。ことに家族の誰かが亡くなったような場合、残された家族は、必死で生に向かう行動を取るのである。それが花の世話をし、今後自分はどのように人のためになる暮らしができるかを、考えるきっかけにもなるのだろう。

夫への感謝と私の葛藤

夫でも妻でも先に死んだ方は必ず何かを残して行く。手紙や日記や写真もあるだろうが、それ以外にも、温かい食事の習慣、笑い声、廊下を通り過ぎた後に残して行く微（かす）かな香りや気配。

その他にも、今あの人がここにいたら……と思い出すこと自体が、深い悲しみと苦痛の種であるケースは多い。ことに夫婦の一方が、まだ若い年齢で亡くなったような場合には、家庭内の空気の激変に耐えられない思いでいる残された家族も多いだろう。

私のような年齢の者でさえ、朱門がいなくなった後の静かさは想像できなかった。朱門は別に、騒々しい性格ではなかった。家にいる時は、大抵本を読んでいるか、コンピューターに向かっていた。テレビもあまり見なかった。音楽も聞かない。友人を招くということもない。だから朱門は、夕暮れのような静かな人だった。別に寂しくはないのだという。一人生きて、したいことがあり、精神の食事のような読書もたくさんできて、「自足している」という言葉が一番その状態をよく表していたように思う。

今にして思うと、私は彼が視力を失ってから長い年月生きなくて済んだことを、もっと運命に感謝してもよかった。本を取り上げられた状態で生きていなければならなかったら、朱門の現世での幸福感はかなり狭められていただろう。それと……ついでに言うのだが……彼は私が死んだ後に生きなくてよかったのかもしれない。私がいないと、朱門は多分非常に手もちぶさたで、不便な日々を過ごしただろう、と思う。私たちの家は、偏ってはいたが、それなりに安定していた。もう六十三年もいっしょに住んだのだから。

彼は私のことを「うちのおばさんは、今日出かけています」というような呼び方で外部の人に話をすることもあった。息子が幼い頃は「ママ」とか「お母さん」という呼び名が通る時代もあるが、息子は独立し、夫は私を「おい」と呼ぶ人でもなかったから、或る年、息子の友達が遊びに来て、私のことを「おばさん！」と言ったのを、これは便利な呼び方だと思ったらしい。以来しばしば「おばさん」と呼んだ。

大体、一般に「おばさん」なる人の存在は便利なものだ。家事はできるし、ご飯も食べさせてくれる。それでいて、母親ほど煩くはない。

前に書いた、南米のボリビアの貧しい地方の町に住んで教育事業に携わった、私の知人のイタリア人の神父の一人は、教会でミサをたて、祈ること以外にもたくさんの仕事を任された。結核になって、病気は一応治ったものの、働けない男たちをどう仕事に戻したらいいか。子供を産んだところで男に逃げられた女性には、どのような仕事を与えたらいいか。女房のお棺も買ってやれないほど貧しい男に、どこからお棺代を工面（くめん）してやったらいいか。

神父は故郷のイタリアから叔母（おば）さんを呼ぶことを思いついた。信仰深かったためだけでもないだろうが、結婚しなかった叔母さんである。叔母さんは、可愛い甥（おい）のために、地球の円周の四分の一くらいの距離を飛行機で飛んで手助けに来てくれた。叔母さんは、結核の予後の療養をしている男たちのために甥の神父がやっている宿泊施設を手伝い、その調理場に、赤ん坊を産んで男に捨てられた母子を引き取った。赤ん坊の籠（かご）は台所の片隅におかれていたが、そこを通る人は必ず籠を揺らしたり、言葉を掛けて行ったりするので、赤ん坊はいつも人に構われていると思うらしく、上機嫌だった。

おばさんという呼び方には、様々な字が当てはまるが、いずれにせよ、人生の助っ人になるには、いい立ち位置だ。朱門は私に、人生のおばさんになることを望んだのかもしれない。

しかしごく最近になって、私はずっと熱が出て毎日半分くらいは寝ている。あまり長く症状が取れないので、長らく撮ったことのないレントゲン検査を受け、血液検査もした。しかし原因はわからない。毎日午後になると三十七度五分前後の熱が出るので、キゲンが悪い。

全く自覚はないが、多分、私はたった一年数ヵ月の介護でも疲れたのだろう。その間、私は朱門の身の回りの世話をすることを、優先することにした。ただし、私はもっと長く、この先一年、三年、五年と看病することも覚悟していたので、長続きするような付添人になること、つまり適当に手抜きをした方がいい、と自分に言い聞かせていたはずである。

私はそれ以外の事をほとんど考えなかった。心から行きたくて外出をするほどの体力も私には残されていなかったが、私は予定を作り、今までの生活とあまり違わないような日常を守っていた。

一人の人の、もしかすると、人生でこれが最後の病気と思われる時に、その人のことをできるだけ優先するのが当然だろう。そうでなければ、私は多分、死ぬまで後悔する。

それが矛盾するところだが、私はそれでもまだ朱門が、このまま死ぬとは思っていなかった。こんな支離滅裂な心理の状態を、もし裁判などで証言しろ、ということになったら、私はなんと言ったらいいのだろう。

だから足かけ二年近くのドタバタの年月ほど、私にとって迷いのないものはなかった、などと言えば体裁が良すぎる。私は選ぶことも考えることもしなかった、というのが正確なところだ。それは意外と安定のいい日々の過ごし方であった。

「忘れたくない」とは思わない

亡くなった私の母は、約一世紀近く前、たった一人きりの娘だった三歳の私の姉を肺炎で死なせた。当時私はまだ生まれていなかった。私は姉の死から、六年目に生まれた娘である。

母の話によると、その姉は、私より器量よしで、私より賢く、私より優しく気が利いて、父が毎朝出かける時には、必ず玄関まで見送り、床に手をついて「いってらっしゃいませ」を言ったり、父の忘れ物に気がついて、玄関まで持ってきたりしたという。私にはそういう美点は一切なく、しかし姉の方が優秀だと聞かされても別にひがみもしなかった。

そんな掌中の玉のような一人娘を失った母はほんとうにかわいそうだったと思う。当時子供は、肺炎でも、大腸カタルでも、あっけなく死んだものだった。抗生物質というものがなかったからである。

しかも内輪話をすれば、私の父と母は夫婦仲が悪かったから、母の唯一の生きる楽しみは、この娘に注がれていたのだろう、と思う。

母は多分全世界を失ったような気持ちだったろう。それでも……と母は何十年も後になって、自分の心を振り返って私に語っている。

「もう世界が崩れてなくなったみたいだった。何に対しても興味もないしね、欲しいものもなかったのよ。それなのに三十日を少し過ぎた頃、或る日の或る瞬間、ふと買わなければならないもののことを考えてたの。人間は、嫌でも忘れるものだ、って思ったのよ」

買わなければならないもの、が何であったかは、母は私に言わなかった。しかしどんな苦痛も、人は忘れる、ということを言いたかったのであろう。

私は朱門の生前の顔を忘れたくない、とか、愛用の眼鏡はいつまでもとっておきたい、と思ったことはない。私にとって大切なのは、彼の魂のあり方だけだったからだ。私はただ朱門の遺体が家にあった最後の晩に、彼の額に手を当てた。そして人間の生気の一切失われた冷たさを感じて納得した。

私は彼がもし生きながら焼かれたりすると、かわいそうだから、自分で確かめようと思ったのだ。しかしその時も、私は彼の顔を見ようとは思わなかった。

今うちにおいてある遺影は、亡くなったどさくさ紛れの時、秘書と私が、写真を入れてある箱の中から、いい加減に選び出して、お葬式屋さんに渡したものだ。しかしそれは、意外と評判のいいものだった。

「この写真は似てますなあ」

と大抵の人が言う。つまり真面目ではないのである。三浦朱門という人は、口数は多くないが、会話の内容を楽しむ人であった。そして家族や秘書に対しては、多くの場合いたずらっぽい、でたらめな要素を付け加えて話した。だからその顔は、ほんの少し、どんないたずらをしようかと、企んでいる笑顔であった。

朱門は最後の頃、自分は食べなくても、よく車椅子でお茶の席には出て来た。そして秘書や私がお菓子を食べ、お茶を飲むのをつまらなさそうな顔をして見ていて、必ず後で言うのであった。

「皆よくそんなに食べるなあ。多分、今日だけでも大分太ったよ」

皆が食べる前に言っちゃだめなんだ。イヤガラセは後で言うのがこつなのだ。

その顔が、毎日私たちの目の前に肖像として残されている。


世の中には、その存在を思い出すだけで不愉快だ、という人もいるらしいが、三浦朱門という人は、思い出すだけでおかしく明るい人だった。これはほんとうに、誰にとっても幸せなことだ。

朱門が亡くなって約四ヵ月を過ぎた頃、私は彼の書類戸棚の中を整理していて、中から十二万円の折り畳んだ紙幣を見つけた。多分それは、何か急に要る時、お財布に移すつもりの予備費だったのだろう。

偶然その日、私は三浦半島の海の家に行き、帰り道に地方の量販店のペット売り場で、一匹の子猫を見つけた。一応スコティッシュフォールドという名前の血統書付きなのだそうだが、雑種だと言われても、「ああそうか」と思うほどの平凡なトースト色で、ただ耳がへたりと折れているのだけがご愛嬌なのであった。

私は夫のへそくりで、この子猫を買うことにした。十二万円では少し足りなかったが、それは私が自分のお財布から足すことにした。

そういう経緯で「直助（なおすけ）」と名付けられたこの子猫は、我が家の一員になった。

「スコットランド原産みたいなことが書いてありますけど、生まれは茨城県ですからね」

と秘書が言った。ペットショップがくれた写真付きの「履歴書」には、ちゃんと出生地も誕生日も書いてあるのがよかった。

直助は、キャットフードを食べると順序正しく水を飲み、次にウンチ箱に入って、見事なウンチをする。私だけでなく、この家で暮らす数人が、この律儀な直助の行動を笑った。

数日経つうちに、私は夫の最後のへそくりの使い道としては、これはかなり意外性に富んだ楽しいものだったのかもしれない、と思い始めた。思い出はすべて過去に向いている。しかし家族を見送った後は、残された者はどんな思いを胸に抱いていても、前に歩き出さねばならないのである。それは自由な選択の結果でもなく、義務でもなく、なにか地球の物理的な力学のような感じだ。

わずか六百五十グラムの、大きなドブネズミくらいしかない直助が、我が家でそれなりの義務を果たし始めた。家族の誰かが旅立って行く時、残される者はしっかり立って見送らねばならないのだろう。その任務をこんな小さな直助でも助けていたのである。

初出　「週刊現代」二〇一六年九月二四・十月一日号〜二〇一七年七月一日号
単行本化にあたり、加筆修正を行いました。